Bianca

LA ÚLTIMA CONQUISTA
KIM LAWRENCE

HARLEQUIN™

Editado por Harlequin Ibérica.
Una división de HarperCollins Ibérica, S.A.
Núñez de Balboa, 56
28001 Madrid

© 2018 Kim Lawrence
© 2018 Harlequin Ibérica, una división de HarperCollins Ibérica, S.A.
La última conquista, n.º 2647 - 5.9.18
Título original: The Greek's Ultimate Conquest
Publicada originalmente por Mills & Boon®, Ltd., Londres.

Todos los derechos están reservados incluidos los de reproducción, total
o parcial. Esta edición ha sido publicada con autorización de Harlequin
Books S.A.
Esta es una obra de ficción. Nombres, caracteres, lugares, y situaciones
son producto de la imaginación del autor o son utilizados ficticiamente,
y cualquier parecido con personas, vivas o muertas, establecimientos
de negocios (comerciales), hechos o situaciones son pura coincidencia.
® Harlequin, Bianca y logotipo Harlequin son marcas registradas por
Harlequin Enterprises Limited.
® y ™ son marcas registradas por Harlequin Enterprises Limited y sus
filiales, utilizadas con licencia. Las marcas que lleven ® están
registradas en la Oficina Española de Patentes y Marcas y en otros
países.
Imagen de cubierta utilizada con permiso de Harlequin Enterprises
Limited. Todos los derechos están reservados.

I.S.B.N.: 978-84-9188-370-8
Depósito legal: M-22092-2018
Impresión en CPI (Barcelona)
Fecha impresion para Argentina: 4.3.19
Distribuidor exclusivo para España: LOGISTA
Distribuidor para México: Distribuidora Intermex, S.A. de C.V.
Distribuidores para Argentina: Interior, DGP, S.A. Alvarado 2118.
Cap. Fed./Buenos Aires y Gran Buenos Aires, VACCARO HNOS.

Capítulo 1

¿CUÁNDO había dormido por última vez?

La medicación que le habían dado en el hospital de campaña solo había aliviado su agonía parcialmente, y desde que lo habían evacuado a Alemania, ni siquiera eso, a pesar de la copiosa cantidad de alcohol que había consumido a modo de automedicación.

Pero, cuando estaba a punto de quedarse dormido, un leño se desintegró sobre la hoguera con un estallido de chispas que lo sobresaltó. Entre los pesados párpados vio las llamas elevarse brevemente, antes de disminuir, dejando unas marcas oscuras sobre la piel de cordero que reposaba sobre el suelo de madera.

La mujer que descansaba sobre su brazo cambió de postura, acurrucándose en su hombro. Él flexionó los dedos para desentumecerlos y con la mano que tenía libre, retiró un mechón de cabello de su rostro, al que la luna dotaba de un reflejo plateado. Era hermosísima. No ya por sus perfectas facciones y su espectacular cuerpo, sino porque tenía algo... una luz propia. Sonrió para sí al pensar en algo tan sentimental y tan poco propio de él.

Era el tipo de mujer que lo habría atraído en cualquier circunstancia, pero, aunque había llamado su atención en cuanto entró en el bar con un ruidoso grupo de amigos con el tipo de arrogancia que daban el privilegio y el dinero, se concentró en su copa y se sumió de nuevo en sus sombríos pensamientos.

Entonces ella se había acercado a él. De cerca era aún más espectacular, y tenía una seguridad en sí misma que indicaba que lo sabía. Era una chica de oro, con largas piernas y un cuerpo elegante y atlético que abrazaba un conjunto deportivo de esquí. Su rostro tenía una perfecta simetría, unos labios sensuales y unos grandes ojos azules que le hicieron pensar en un sensual ángel, con un halo de cabello rubio que iluminaba la luz de la lámpara de cobre que colgaba sobre la mesa.

–Hola.

Tenía una voz grave, con una atractiva ronquera.

Al no recibir respuesta, repitió el saludo, primero en francés y después en italiano.

–Mejor en inglés.

Ella se tomó el comentario como una invitación y se sentó a su lado.

–Te he visto desde... –indicó el grupo de amigos que charlaban ruidosamente.

Ver al grupo de niños bien portarse descortésmente con el personal hizo que sonriera con desdén.

–Te estás perdiendo la diversión –dijo pausadamente.

Ella miró hacia sus amigos e hizo una mueca de disgusto antes de volver a mirarlo con sus increíbles ojos azules.

–Ha dejado de ser divertido hace un par de bares –dijo con una sonrisa de resignación. Luego lo miró con gesto de curiosidad y, ladeando la cabeza, comentó–: Pareces estar... solo.

Él le dedicó entonces una mirada que habitualmente ahuyentaba a cualquiera que lo molestara. Solo le fallaba con los borrachos, y aquella mujer no estaba ebria; su mirada era clara y perturbadoramente cándida. O quizá lo que le resultaba perturbador era la electricidad que podía percibir en el aire desde que se había acercado.

—Me llamo Chloe...

Él la interrumpió antes de que le dijera su apellido.

—Lo siento, *agape mou*, esta noche no soy buena compañía —quería que lo dejara solo para poder sumirse en su propia oscuridad, pero ella no se movió.

—¿Eres griego?

—Entre otras cosas.

—¿Y cómo puedo llamarte?

—Nik.

—¿Solo Nik?

Él asintió con la cabeza y, tras unos segundos, ella se encogió de hombros, diciendo:

—Me parece bien.

Cuando sus amigos se fueron, ella se quedó.

Estaban en su apartamento en un lujoso chalet, aunque no habían llegado al dormitorio. Un rastro de prendas marcaba un recorrido tambaleante desde la puerta hasta el sofá de cuero en el que yacían.

Nik siempre había disfrutado del lado físico, sexual, de su naturaleza, pero aquella noche... Le costaba creer lo intensa que había sido; una sanadora explosión de deseo que por un instante le había hecho sentirse libre de dolor y de culpabilidad, y de los recuerdos tiznados de gasolina que le habían dejado las escenas de las que había sido testigo.

Deslizó la mano por la espalda de Chloe y dejó reposar sus dedos en la curva de su suave trasero. Aspiró su aroma, anhelando cerrar los ojos, pero por alguna extraña razón, cada vez que lo intentaba, desviaba la mirada hacia el lugar donde, a pesar de la penumbra que le impedía ver con claridad, sabía que estaba el teléfono que se le había caído del bolsillo.

¿Por qué sabía que estaba a punto de vibrar?

Efectivamente, vibró.

Miró a la mujer para ver si la había despertado, y cada uno de sus músculos se contrajo violentamente por el espanto y el horror que le atenazó la garganta con un grito mudo de terror. Quien estaba a su lado no era la cálida y hermosa mujer, sino el rostro pálido y macilento de su mejor amigo. El cuerpo que sujetaba no estaba caliente y palpitante, sino frío y paralizado; sus ojos no estaban cerrados, sino abiertos, y lo observaban sin expresión, con la mirada vacía.

Cuando se despertó sobresaltado, jadeante, no se encontraba en la cama, sino en el suelo, de rodillas, temblando como si tuviera fiebre, sudoroso. El esfuerzo de tomar aire definía cada uno de los músculos de su musculosa espalda mientras se presionaba los muslos con los puños cerrados. El grito que brotaba en alguna parte de su cerebro permaneció atrapado en su garganta a la vez que intentaba volver a la realidad desde la neblina de sus sueños.

Cuando lo consiguió... no se sintió ni mejor ni peor que cualquiera de las numerosas veces que se había despertado en medio de la misma pesadilla.

Nik se puso en pie torpemente, sin atisbo de la agilidad que caracterizaba los movimientos de su atlético cuerpo que tantos envidiaban y que muchas mujeres deseaban. Con lentitud, respondió a las órdenes de su mente y fue hasta el cuarto de baño, donde abrió el grifo del agua fría y metió la cabeza debajo del chorro.

Asiéndose con fuerza al lavabo, consiguió vencer el temblor de sus manos, pero, al incorporarse, no pudo evitar lanzar una mirada a su reflejo en el espejo, retirándola al instante al comprobar que, aunque había conseguido controlar la expresión de pánico ciego, su rastro permanecía agazapado en su mirada.

Una ducha no llegó a borrarlo, pero al menos lo revivió. Miró la hora. Cuatro horas de sueño no eran suficientes, pero la idea de volver a la cama para revivir la misma pesadilla no resultaba nada tentadora.

Cinco minutos más tarde salía del edificio y el conserje lo saludaba con un gesto de la cabeza, deseándole un buen día al tiempo que pensaba que el tipo que ocupaba el ático y que salía a correr a diario de madrugada estaba loco. Y Nik pensó, subiéndose la capucha de la sudadera, que no le faltaba razón.

Como de costumbre, el ejercicio contribuyó a despejarle la mente, así que para cuando se afeitó, se vistió y se sentó a revisar sus correos, los horrores de la noche se habían disipado, o al menos mitigado. Tenía otros asuntos en los que concentrarse, que no tenían nada que ver con el mensaje de su teléfono. En cuanto vio quién lo enviaba, lo guardó en el bolsillo.

No necesitaba leerlo para saber que su hermana le recordaba la fiesta que celebraba aquella noche a la que él, en un momento de debilidad, había accedido a acudir. Con Ana lo más sencillo era decir que «sí» porque no entendía el significado de «no», ni el de «soltero» o «sin compromiso», al menos en lo relativo a su hermano pequeño.

Desaceleró al aproximarse a un semáforo y contuvo un suspiro a la vez que apartaba los pensamientos de otra velada y la inevitable candidata a esposa, o novia formal, que le sería presentada.

Adoraba a su hermana, admiraba su talento y que fuera capaz de tener una carrera exitosa como diseñadora criando a su hija sola. Estaba dispuesto a reconocer que tenía muchas características excepcionales, pero aceptar la derrota no estaba entre ellas.

Concentrándose en el creciente tráfico que empezaba a rodearlo, intentó olvidar la fiesta, pero quizá por la alterada noche que había pasado, la idea de ser amable con otra de las encantadoras mujeres que su hermana le presentaba regularmente como potencial pareja, ocupaba su mente como una nube oscura.

Ana estaba convencida de que los problemas desaparecían cuando uno encontraba a su alma gemela. Y aunque había ocasiones, normalmente después de una botella de vino, en las que su inocencia le resultaba enternecedora, generalmente lo irritaba profundamente.

Si hubiera creído que el amor lo curaba todo, se habría dedicado a buscarlo. Pero Nik consideraba que esa búsqueda era infructuosa. No negaba que el amor verdadero existiera, pero igual que los daltónicos no distinguían los colores, él era un daltónico del amor.

Se trataba de una discapacidad que no le importaba. Al menos lo libraría del desamor. Le costaba imaginarse a alguien más civilizado y agradable que su hermana y su ex, pero había sido testigo de su ruptura y divorcio. Lo peor de todo había sido que su hija estuviera en medio de todo. Por más que hubieran intentado protegerla, los niños siempre sufrían.

Por eso él prefería el deseo, puro y duro. En cuanto

a envejecer solo, era mejor que envejecer junto a alguien a quien uno no soportaba.

Estaba dispuesto a admitir que había matrimonios felices, pero eran la excepción a la regla.

El semáforo cambió y un coche hizo sonar la bocina. Nik alzó la mirada y las líneas de su frente se suavizaron cuando se fijó en el rostro iluminado por neón de un anuncio al otro lado de la calle.

Era evidente que la agencia publicitaria había elegido un estilo clásico. El mensaje no era nada sutil: se trataba de una pura fantasía masculina. Si usaban la marca de productos para la piel que aparecía en el generoso busto de una mujer en biquini, conseguirían atraer a ese tipo de mujeres.

«A esa no...». Nik sonrió para sí. Probablemente era una de las pocas personas que sabían que aquel particular objeto de deseo mantenía una relación homosexual secreta. No porque a Lucy le importara el efecto negativo que pudiera tener en su carrera, sino porque era el acuerdo al que había llegado con el que pronto sería el ex de Clare. El hombre había dicho que accedería al divorcio si la pareja esperaba a hacer pública su relación a que él cerrara un acuerdo millonario con una compañía cuyo nombre se asociaba a una imagen de familia tradicional y a valores conservadores.

Quizá si ese tipo hubiera dedicado el mismo tiempo a su matrimonio que a sus negocios, pensó Nik con escepticismo, todavía seguiría casado. Según se decía, conservar una relación exigía tiempo, energía y esfuerzo. Él no tenía tiempo. En cuanto a energía, estaba dispuesto a aplicarla, pero solo si el sexo no suponía un esfuerzo... Definitivamente, el matrimonio no estaba hecho para él.

Otro bocinazo a su espalda tuvo un efecto inesperado en él al proporcionarle una idea perfecta y tan simple que no podía comprender cómo no se le había ocurrido antes para protegerse de la obsesión casamentera de su hermana: aparecer acompañado por una mujer y fingir estar enamorado.

Sonrió a la fuente de aquella inspiración, que lo miraba desde el anuncio. ¿Estaría Lucy Cavendish en la ciudad? Si la respuesta era afirmativa, dependería de que la proposición encajara con su sentido del humor; pero, si ese no era el caso, tendría que apelar a su conciencia. Después de todo, él le había presentado a Clare.

Chloe llegó en el momento en el que los encargados de catering entraban con cajas de comida en la casa. Tatiana le había pedido que fuera temprano, pero ¿llegaba demasiado pronto?

–Ve al despacho. Mamá está allí.

Chloe tuvo que mirar dos veces para darse cuenta de que Eugenie, la hija adolescente de Tatiana, era una de las trabajadoras.

Al ver su gesto de sorpresa, Eugenie explicó:

–Mamá ha insistido en que trabaje al menos una parte de las vacaciones para que no me convierta en una niña mimada que cree que el dinero crece en los árboles. ¡Estás guapísima! –añadió, abriendo los ojos con admiración al ver cómo le quedaba un mono de seda sin mangas que le llegaba a los pies–. Claro que hay que tener tus piernas para poder vestir así.

Chloe se rio y Eugenie fue hacia la cocina.

La puerta del despacho estaba abierta y Chloe entró directamente tras llamar con los nudillos. La habitación estaba vacía excepto por un perro que se acurrucaba sobre una chaqueta de seda que alguien había dejado sobre una silla. Aun arrugada y debajo de un labrador, el estilo característico de la prenda hacía innecesario leer la etiqueta. La marca Tatiana se había hecho famosa por el uso de colores atrevidos y por sus sencillos y cómodos diseños.

El perro abrió un ojo y Chloe se aproximó. Mientras lo acariciaba, miró con curiosidad los dibujos que descansaban sobre la enorme mesa que ocupaba el centro de la habitación.

–No los mires. Tenía un mal día –exclamó Tatiana a la vez que entraba. Vestida con uno de sus diseños, la menuda mujer castaña proyectaba un aire de natural elegancia–. ¡Abajo, Ulises! –suspiró cuando el perro movió la cola y se quedó donde estaba–. Nik dice que los perros necesitan saber quién manda, pero ese es el problema... sabes que eres tú, ¿verdad, pequeño? –concluyó con tono mimoso.

Chloe sonrió, confiando en no dejar traslucir el primer pensamiento que la asaltaba cada vez que oía el nombre del hermano pequeño de Tatiana: «¡Oh, no, tu hermano, Nik, otra vez, no!».

Todo lo que Tatiana decía de él confirmaba la convicción de Chloe de que su hermano se creía un experto en todo, y no dudaba en hacerlo saber.

Quizá era lo propio de quien dirigía una multimillonaria compañía naviera griega, y aunque Chloe sabía que Nik Latsis solo acababa de ocupar el puesto de su padre, era evidente que le iba como un guante.

A Tatiana no parecía haberle molestado que su hermano pequeño heredara la compañía solo por ser hombre, así que no tenía sentido que a ella sí le irritara.

Tal vez porque no era griega.

Y estaba claro que los Latsis se consideraban griegos a pesar de que llevaban más de treinta años en Londres. Formaban parte de una próspera comunidad griega que se había establecido en la capital. Ricos o nuevos ricos, todos tenían la riqueza en común y ser griegos, lo que parecía bastar para mantenerlos en un círculo cerrado en el que todo el mundo se conocía y donde las tradiciones eran muy importantes.

Al tiempo que daba una última palmada al perro, se miró en el reflejo de un espejo que hacía la habitación aún más grande e hizo un esfuerzo para borrar el ceño que se le formaba cada vez que Tatiana mencionaba a su invisible hermano.

Su invisibilidad era premeditada, ya que hacía dieciocho meses que el ictus que había sufrido su padre lo había ascendido al «trono» de Latsis Shipping, y había mantenido un perfil discreto, algo que no se lograba si no era gracias a una familia y unos amigos leales, recursos ilimitados y, al menos eso suponía Chloe, el conocimiento del funcionamiento interno de los medios de comunicación que debía de poseer como experiodista.

«La cuestión es», se dijo Chloe con firmeza, «que sin conocerlo, lo juzgas negativamente». Un comportamiento que habría censurado en cualquier otra persona.

—Eres una hipócrita, Chloe —se le escapó de los labios.

Tatiana alzó la mirada con gesto inquisitivo desde unas telas que estaba estudiando. Chloe sacudió la cabeza y comentó:

—Esos colores son preciosos —acarició una de las muestras de seda, de un azul más intenso que el mono que vestía.

–Te quedaría bien, pero no estoy segura... –Tatiana sacudió la cabeza–. Perdona, a veces no sé desconectar.

–Es lo que os pasa a las artistas –bromeó Chloe.

–O al menos a las adictas al trabajo –Tatiana sonrió con melancolía–. Quizá por eso me divorcié –volvió a sacudir la cabeza y, sonriendo, añadió–: Pero no hablemos de eso esta noche... Mírate, ¡estás preciosa! Y no seré yo quien diga que una cara bonita consigue cualquier cosa, pero te aseguro que ayuda a que los hombres sean más generosos. Hoy puedes usar todas tus armas.

–La gente suele ser muy amable –dijo Chloe.

–Sobre todo si quien les hace sentirse culpables es la hermana de una futura reina. ¿Por qué no ibas a utilizar tus contactos? Puede que yo no tenga los adecuados, pero tu hermana desde luego que sí.

Se inclinó en una reverencia que hizo reír a Chloe. Por mucho que su hermana fuera una princesa y en el futuro reina de Vela Main, no había nadie que actuara menos como la realeza. Las dos hermanas habían sido educadas en el principio de que lo que una persona hacía era más importante que su título.

–Haré todo lo que pueda por el proyecto –continuó Tatiana en tono serio–. Te debo mucho –fue hacia la chimenea y, tomando una de las fotografías que reposaba sobre la repisa y mirándola con ternura, añadió–: por lo que hiciste por Mel.

Chloe sacudió la cabeza, avergonzada por el elogio. Para ella, la joven griega era su inspiración.

–Yo no he hecho nada –Chloe tomó la fotografía y la miró–. Es una chica muy valiente.

Chloe conocía a Tatiana de vista y por su reputación antes de que esta diera un empujón definitivo a su carrera al mencionar su blog en una entrevista para la semana de la moda de Londres, dos años atrás. La entrevista a Tatiana convirtió el blog de Chloe en un éxito de la noche a la mañana.

Chloe había contactado con ella para darle las gracias y habían intercambiado algunos mensajes, pero no se habían conocido en persona hasta que, hacía un año, la ahijada de Tatiana había ocupado la habitación contigua a la de Chloe en la unidad de quemados.

Chloe llevaba ya tres meses allí; conocía cada grieta del techo y las vidas sentimentales de las jóvenes enfermeras que la atendían.

Aunque las quemaduras que le había provocado un accidente de tráfico habían sido graves y dolorosas y el proceso de curación había sido muy largo, podía ocultar las cicatrices bajo la ropa. Pero la joven de al lado no podía disimular el daño causado a su rostro por una explosión de gas. Para empeorar las cosas, al día siguiente de ingresar en la unidad, su novio la había dejado, y desde ese momento, Mel había anunciado que no quería vivir.

Al oírla a través de la pared de separación, Chloe se había compadecido de la joven. Aquella noche, la conversación que habían mantenido a través de la pared, había sido más bien un monólogo. El primero de muchos.

—Pero tú la convenciste, Chloe —dijo Tatiana emocionada—. Nunca olvidaré el día que llegué y la oí reír... gracias a ti.

—Mel me ayudó tanto como yo a ella. ¿Has visto la página de información que ha reunido para mí sobre técnicas de maquillaje? —al ir a dejar la fotografía, se cayó la más próxima. Chloe la levantó y admiró el marco, una pieza de madera delicadamente tallada.

Entonces, deslizó la mirada hacia la fotografía que contenía y sonrió al ver a Eugenie de niña, sonriente, con una gorra de béisbol en un parque de atracciones. Un hombre se acuclillaba a su lado con una gorra a juego. Era... La sonrisa se borró del rostro de Chloe súbitamente. Palideciendo, observó al hombre que sonreía con picardía y buen humor y sin el menor rastro de ser un alma torturada; ninguna sombra que ella quisiera diluir. Solo era un hombre... normal. Excepto que era el hombre más guapo que ella conocía y tenía el cuerpo de un nadador olímpico.

Se quedó paralizada con la mano temblorosa hasta que consiguió exhalar el aliento que se había quedado contenido en sus pulmones; pero con eso no logró detener la avalancha de preguntas que se arremolinaron en su cerebro hasta marearla. Tenía la sensación de oír en su interior a una docena de personas gritando tan alto que no podía distinguir ni una sola de sus preguntas.

No podía ser él. Y, sin embargo, lo era. El hombre de la fotografía era el mismo con el que ella había pasado una noche inolvidable. Si todo aprendizaje hubiera sido tan brutal como aquel, no habría valido la pena levantarse nunca de la cama. Afortunadamente, no era así, y ella había pasado página.

Lo que no significaba que hubiera olvidado ni el más mínimo detalle, incluidos el sentimiento de dolor y humillación al despertarse por la mañana y comprobar que él se había escabullido durante la noche. Y lo peor era que no podía culpar más que a sí misma. Era ella quien había seguido su intuición al acercarse a él en el bar con la convicción de que era lo que tenía que hacer... Si aquella noche hubieran dado un premio a la ingenuidad, ella lo habría ganado.

Manteniendo su voz lo más calmada posible, aunque sin poder apartar los ojos de la fotografía, preguntó a Tatiana:

—¿Cuántos años tenía Eugenie aquí?

Tatiana se acercó y, al mirar la fotografía, dejó escapar un suspiro de melancolía.

—Ese día cumplía diez años. Cinco minutos más tarde estaba vomitando porque Nik le había dejado comer una bolsa de donuts y luego habían subido en la montaña rusa.

Chloe sentía el corazón golpearle el pecho y un temblor interno que se obligó a dominar al tiempo que se decía que se trataba solo de una fotografía y que aquel hombre formaba parte del pasado.

«La próxima vez que decidas hacer el amor, no lo hagas con un desconocido», se amonestó. «No seas cría. ¡No fue hacer el amor, solo fue sexo!».

Solo cuando había aceptado que lo que habían compartido aquella noche no tenía nada de espiritual y que solo había sido un ciego deseo, había conseguido dejar de pensar en él... a diario.

Dejó la fotografía con cuidado y se estiró el mono. No consentiría que aquel hombre la desestabilizara de nuevo; ya no era la jovencita ingenua de entonces.

Había sido una dolorosa lección, pero una vez había recuperado su orgullo y había dejado de sentirse como una idiota, comprendió que aunque el sexo con desconocidos podía proporcionar satisfacción física, no era lo que ella quería.

—Así que este es tu hermano, Nik —dijo sin emoción. El destino tenía a veces un extraño sentido del humor.

Pasó la mirada por las demás fotografías y lo vio en distintos momentos de su vida. Lo sorprendente era no ya que estuviera más joven que cuando lo conoció, sino la ausencia del escepticismo y del humor sombrío que ella había percibido la noche de su encuentro. ¿Qué le habría pasado al hombre de aquellas fotografías para convertirlo en el que ella había conocido unos años más tarde?

Chloe se cuadró de hombros. Nik Latsis, su Nik... Resultaba extraño saber finalmente cuál era el nombre completo del hombre que la había introducido al sexo. Y eso no cambiaba nada respecto al hecho de que, por el motivo que fuera, se hubiera comportado desconsideradamente.

—Había olvidado que no conoces a Nik, ¿verdad? —dijo Tatiana.

¿Debía decirle la verdad o mentirle?

Chloe optó por una vía intermedia.

—El caso es que me resulta familiar...

—Puede que lo hayas visto en televisión.

—¿En la televisión? —preguntó Chloe desconcertada—. No creo —entonces se dio cuenta de que Tatiana debía de referirse a la antigua profesión de Nik—. Ah, pensaba que, cuando me dijiste que era periodista, te referías a que escribía en un periódico.

Tatiana asintió.

—Al principio sí, pero Nik era corresponsal de guerra e hizo muchos reportajes para la televisión. Ganó varios premios —lo orgullosa que se sentía por los logros de su hermano fue tan evidente como el abatimiento con el que continuó—: Pasó los dos últimos años como periodista con el ejército, en algunos de los peores conflictos. Nik es de esas personas que no hacen las cosas a medias.

Chloe habría podido confirmar esa afirmación. Había llevado al extremo el sexo y la descortesía.

—En la última campaña hirieron al cámara, su mejor amigo.

Chloe la miró alarmada.

—¿Y...?

Tatiana asintió.

—Murió en brazos de Nik, pero lo peor, al menos para las dos familias, fue que sabíamos que había habido un fallecido. Había cerca de una docena de periodistas de distintos medios, pero no sabíamos quiénes eran ni cuál de ellos había muerto.

Chloe apretó afectuosamente la mano de su amiga, que había cerrado los ojos con un escalofrío.

—Todos queríamos a Charlie, acababa de comprometerse en matrimonio. Así que, aunque fue un inmenso alivio averiguar que no se trataba de Nik, también nos sentimos terriblemente culpables.

—El sentimiento de culpabilidad del superviviente —dijo Chloe, pensando en su hermana, quien, tras el accidente del que, al contrario que ella, había salido ilesa, había tenido que acudir a terapia.

—Puede que por eso te suene, aunque profesionalmente usaba el apellido de nuestra madre porque no quería que lo acusaran de aprovecharse del apellido de la familia. ¿Te resulta conocido Nik Kyriakis?

Chloe negó con la cabeza.

—Apenas veo la televisión. De pequeñas solo nos dejaban ver media hora al día, y para cuando pude hacer lo que quería, ya no me interesaba. De hecho, tiendo a escuchar la radio. Debió de resultarle muy complicado volver a trabajar después de lo sucedido.

Ella había vuelto al lugar del accidente como tratamiento de choque. Solo le había servido para demostrarse que era capaz de hacerlo.

Así era como había ido midiendo su recuperación, de acuerdo a las cosas que podía hacer, los sitios a los que podía volver: mirar sus cicatrices, enseñárselas a su familia, subir a un coche, conducir, volver a la sinuosa carretera de montaña donde se había producido el accidente.

—No volvió. Un día después de que regresara, mi padre sufrió el ictus y tuvo que sustituirlo —Tatiana hizo una pausa con expresión consternada y añadió—: Nik jamás habla de Charlie. No le menciones nada, por favor.

A Chloe le daba lo mismo que Nik prefiriera bloquear sus emociones. Ella no pensaba ofrecerse para que se desahogara. De hecho, la idea de verlo le hacía sentir un nudo helado en el estómago.

La ironía era que un tiempo atrás, hubiera dado cualquier cosa por enfrentarse a su amante huidizo. Pero de eso hacía mucho, y no tenía el menor interés en charlar con Nik Latsis.

Era un error por el que ya no se recriminaba y con el que, si tenía que encontrarse cara a cara, lo haría con dignidad.

O al menos ese era el plan.

—No lo haré —prometió, al tiempo que su voz interior le recordaba que sus planes tendían a salir mal.

Capítulo 2

LLEGAS tarde –Tatiana besó a su hermano, haciendo una mueca al pincharse con su barba de tres días. Luego tuvo que disimular su sorpresa al fijarse en la mujer que lo acompañaba y que apoyaba posesivamente la mano sobre su brazo.

–¿Conoces a Lucy Cavendish? –preguntó Nik, pasando el brazo por sus hombros.

La pelirroja alzó la mirada hacia él y dijo:

–Fui modelo de Tatiana en el último show de París. ¡Qué casa tan preciosa tienes! –añadió, recorriendo el vestíbulo, las lámparas de araña y la imponente escalera con sus ojos verdes maquillados a la perfección.

–Gracias. Estás muy guapa, Lucy –Tatiana miró a su hermano–. ¿Te estás dejando barba, Nik?

–¿Sabiendo lo poco que te gustan, Ana? Jamás.

–En cambio a mí me encanta el aire sombrío y taciturno que le da –los ojos de Lucy brillaron con picardía al tiempo que deslizaba los dedos por su barbilla.

Desde el salón llegaba el murmullo de conversaciones y risas.

–¿Hay alguien que yo conozca? –preguntó Lucy.

–Se trata solo de un pequeño grupo de amigos –dijo Tatiana.

Nik dejó que Lucy le precediera para quedarse a la altura de su hermana.

–Espero que no te importe que haya traído a Lucy.

–¿Por qué iba a importarme?

–Pensaba que igual pretendías emparejarme con una buena candidata.

–Yo no... –Tatiana se interrumpió y admitió–: Puede que sí, pero yo solo quiero que seas feliz, como... antes.

Impulsado por un súbito sentimiento de culpabilidad, Nik abrazó a su hermana y se avergonzó de haber organizado la farsa de aparecer con Lucy.

–Soy feliz.

–Lucy me gusta. ¿Estáis juntos?

Nik apartó la mirada. Tatiana parecía tan esperanzada que no se atrevió a hacerle creer una mentira.

–Solo hemos salido unos días –dijo con deliberada ambigüedad.

–Espero que Lucy no se aburra –dijo Tatiana–. Lo cierto es que hay aquí una mujer que podría interesarte.

–¡Justo cuando había pensado que quizás te había juzgado equivocadamente! –bromeó Nik.

–¡No en ese sentido! –replicó Tatiana–. Es una buena amiga mía.

–¿Y no querrías que me liara con una amiga tuya?

Tatiana le lanzó una mirada de impaciencia.

–Solo quiero que te portes bien cuando la conozcas y que hagas un generoso donativo a la organización benéfica.

–¿Es otra de tus bondadosas causas, Ana?

–Es muy importante para mí, Nik.

–Vale. Seré generoso.

Chloe miro el reloj de pared. ¿Y si no aparecía? Irritándose por estar pendiente, dio la espalda a la puerta y dedicó toda su atención al hombre que estaba a su lado, un griego de mediana edad dueño de una constructora que parecía genuinamente interesado en la organización.

—Admiro su entusiasmo, pero ¿no es demasiado ambiciosa? ¿Ha calculado los costes adecuadamente? Solo el local...

—Efectivamente, encontrar un local en Londres puede resultar difícil.

—¿Ahí es donde intervengo yo?

Chloe le dedicó una sonrisa cautivadora.

—Sus conocimientos y sus consejos serían bienvenidos.

—¿Y mi dinero? —añadió él con sorna.

En las mejillas de Chloe se formaron dos hoyuelos.

—Sé que Tatiana ya le ha hablado de... Disculpe, no puedo hacer esto.

El receptor de su copa medio llena la miró, primero sorprendido y a continuación divertido, cuando Chloe se comió el canapé que tenía en la mano y sonrió.

—¡Mucho mejor! —dijo ella alargando la mano para recuperar la copa.

El hombre se la devolvió.

—Normalmente puedo hacer varias cosas a la vez —explicó Chloe animadamente—. Pero no puedo comer y beber al mismo tiempo. No se imagina sobre cuántos vestidos he derramado vino... Lo que no significa que me pase el día con una copa de vino en la mano —sonrió de nuevo—. Le aseguro que su donativo estaría en buenas, y sobrias, manos.

El hombre se rio.

—Buena táctica, pero no recuerdo haber aceptado.

Chloe admitió la corrección con un asentimiento de cabeza.

—Pero tampoco ha dicho que no, y yo soy una optimista.

La carcajada que soltó el hombre atrajo parte de la atención que en aquel momento se concentraba en la modelo que acababa de entrar en la sala.

—A ver si lo he entendido bien: quiere que ceda el uso de varios edificios por una suma irrisoria ¿a cambio de...?

—¿La satisfacción de saber que hace lo correcto? O, si no, ¿la publicidad que el dinero no puede comprar? ¿El tipo de publicidad que haría que su compañía represente la cara amable del capitalismo? —dijo Chloe, pensando con sorna que se estaba convirtiendo en una experta.

El hombre le dedicó una mirada que por primera vez se cargó de respeto.

—Deberíamos preparar una reunión, lady...

—Chloe basta —le cortó ella rápidamente.

Él accedió alzando la copa

—Muy bien, Chloe, ¿qué le parece...?

Al ver que dejaba la frase en suspenso y que algo llamaba su atención, Chloe se volvió para comprobar de qué se trataba. La respuesta evidente adoptó la forma de una espectacular pelirroja con un vestido de lentejuelas más apropiado para una alfombra roja que para una cena.

Comprendiendo que su acompañante se distrajera, ella misma estudió a la recién llegada. Por experiencia, sabía que las personas a las que solo había visto con anterioridad en el cine o las revistas, no solían resultar tan espectaculares en directo. Pero Lucy Cavendish era una excepción.

Miró hacia detrás de la modelo para ver si estaba acompañada. Entre sus novios pasados se incluían varios actores, un oligarca ruso y el heredero de un gran banco, así que Chloe confiaba en descubrir el rostro de alguien muy guapo o muy rico y quizá dispuesto a hacer un generoso donativo para una buena causa.

Pero no fue eso lo que encontró, sino ambas cosas.

Además de una descarga eléctrica como la que le había dado una vez su secador de pelo.

Pero todo iría bien. Podía con ello.

«¿Tú crees?».

Chloe respiró profundamente, se irguió y se llevó los dedos al collar de grandes amatistas que ocultaba el latido acelerado de la base de su garganta.

«Respira», se ordenó. Y se concentró en lo positivo. Lo peor había pasado; nada podía ser peor que acostarse con un desconocido. En unos minutos su sistema nervioso se habría calmado y para la mañana siguiente se estaría riendo con la anécdota.

Pero eso sería al día siguiente. En los siguientes sesenta segundos debía ponerse un objetivo menos ambicioso. Que las piernas dejaran de temblarle no estaría mal, para empezar.

Se impacientó consigo misma. ¿Qué era lo peor que podía pasar?

Una sonrisa afloró a sus labios al darse cuenta de que no sabía qué era peor: que se acordara de ella o que no; un encuentro incómodo o un golpe a su ego.

¿Realmente le importaba?

Que pudiera hacerse esa pregunta indicaba cuánto había cambiado en algo más de un año. En otro tiempo, a pesar de la confianza en sí misma que proyectaba, le importaba mucho lo que pensaran los demás, sentía la necesidad de ser aceptada.

El recorrido hasta donde se encontraba en el presente no había sido fácil, y el cambio había sido radical. O quizá no tanto, tuvo que admitir al observar al recién llegado por encima de la copa de la que bebía. Aun a distancia, conseguía que los músculos más profundos de su pelvis se contrajeran... Por eso era una suerte poder observar lo que le pasaba con objetividad.

Aunque no consiguiera que el magnetismo que irradiaba le resultara indiferente, ella era mucho más que un puñado de hormonas... Tal vez lo encontraba tan atractivo porque, tal y como solía decirse, había sido su primer hombre. Y porque en aquel momento sus recuerdos se hicieron inquietantemente vívidos: su piel, su olor, sus movimientos...

—¡Qué mujer más despampanante!

Chloe salió de su ensimismamiento al oír a su acompañante y apartar la mirada de su personal objeto de observación.

—Desde luego —contestó.

—Pero dudo que fuera capaz de subir al Kilimanjaro.

El comentario hizo reír a Chloe.

—Si esa es la medida por la que evalúa a las mujeres, dudo que muchas pasen la prueba.

Él sonrió.

—Mi esposa es una mujer extraordinaria.

Entonces el hombre comenzó a hablar del que era claramente su tema de conversación favorito, y mientras le oía hablar de su mujer, Chloe sintió que se le formaba un nudo en la garganta al preguntarse qué se sentiría siendo el centro del universo de un hombre.

Nik se acercó a Lucy y masculló:

—Quizá esto no haya sido una buena idea.

—Ya te lo dije yo —declaró la modelo—. Pero como tú me has hecho más de un favor, sentía que te lo debía. ¿Eres consciente de cuánto dinero hay en este salón?

Nik lo sabía bien. Casi todos los invitados pertenecían a la comunidad griega. Para ellos no tener un yate privado era un símbolo de pobreza.

—Ana está reuniendo donaciones para otra de sus causas —explicó.

—Así que no corres el riesgo de que te haya buscado a doña Perfecta. ¿Quiere eso decir que me dejas plantada, cariño?

—Muy graciosa... Dios, necesito una copa.

Nik guio a Lucy por el codo y ella exclamó con sorna:

—¡Cariño, cómo me gusta que me domines!

Lucy se tambaleó levemente al soltarla Nik sin previo aviso.

Fue la respuesta automática al oír una risa aterciopelada que le hizo volver la cabeza. Aunque no había resonado demasiado, había algo contagioso en ella que le hizo sonreír.

Deslizó la mirada en busca del origen del sonido y su sonrisa se borró bruscamente al tiempo que su mente se bloqueaba. Necesitó respirar varias veces para poder pensar y desvanecer la oleada de libido que lo arrolló como un tsunami.

No supo cuánto tiempo permaneció paralizado; pudo ser un segundo o una hora, antes de que, como saliendo de un trance, sacudiera la cabeza.

Exhaló lentamente mientras absorbía cada detalle. El suave y brillante cabello rubio, enmarcando su precioso rostro, las sensuales curvas de su cuerpo intuidas bajo la vaporosa seda azul.

Era bellísima.

A menudo, en mitad de la noche, se había preguntado si exorcizando a aquella mujer lograría acabar con sus pesadillas, pero se había limitado a ser una especulación, puesto que jamás había pensado que fueran a encontrarse. ¡Pero en aquel momento el rugido de su sangre no tenía nada de especulativo; y la posibilidad de explorar su teoría sería una locura!

Chloe supo que Nik había llegado porque se le erizó el vello. Terminó su copa y se preparó como si fuera a entrar en batalla.

Si se negaba a que sus cicatrices la definieran, tampoco permitiría que lo hiciera un error del pasado.

Su actitud defensiva no se debía tanto a lo que él pudiera decir o hacer, puesto que quizá ni siquiera la recordara, sino a la necesidad de protegerse de sus propias hormonas, que respondían por voluntad propia al magnetismo animal de Nik.

Mientras hacía esas reflexiones, Nik había llegado junto a ella.

—Spiros —dijo, tendiendo la mano al hombre—. ¿No te acompaña Petra?

—No, se ha hecho un esguince durante el entrenamiento.

Nik chasqueó la lengua.

—¿Está preparándose para otro maratón?

—Se ve que es adictivo —dijo Spiros haciendo una mueca.

—¿No vas a ir con ella?

—Conozco mis limitaciones —Chloe, que concentraba toda su atención en controlar la velocidad de su respiración, tomó fuerzas al comprobar que Spiros parecía ajeno a su nerviosismo al tocarle el brazo mientras decía a Nik—: ¿Conoces a Chloe?

Ella contuvo el aliento.

—Claro. Desde hace tiempo —dijo Nik sin vacilación alguna.

—No me habías contado que tuvieras lazos con la realeza, Nik

Puesto que no podía retrasar más el instante, Chloe se volvió hacia Nik con una sonrisa que pretendía proyectar una amable indiferencia. Su primer deseo había sido que no la recordara; el segundo que, de cerca, tuviera algún defecto que hubiera olvidado. Una vez más, su hada madrina no le concedió ni uno ni otro.

Así que tocaba el plan B: ser amable, distante... ¡era espantoso, su mente racional no podía contrarrestar el clamor hormonal que la ensordecía!

Su belleza masculina la golpeaba a un nivel puramente visceral. Sus marcados pómulos, la nariz aguileña, el poderoso mentón, dotaban a su rostro de un aire patricio. Sus labios se curvaban en aquel instante en una sonrisa levemente sarcástica, una emoción que también reflejaban sus espectaculares ojos, de un oscuro color chocolate y pobladas pestañas.

Atrapada por su mirada, Chloe experimentó un súbito pavor que la dejó paralizada.

–¿Cómo estás, Chloe? –preguntó pausadamente, saboreando las palabras.

Como la había saboreado a ella... Chloe apartó ese pensamiento de su mente, pero no antes de que la temperatura de su cuerpo se elevara varios grados. Alzó la mano para tocar el collar que, por contraste con su piel, le resultó frío.

Forzó una sonrisa al tiempo que cerraba la puerta a perturbadores recuerdos, aunque sospechó que no intentaba tanto olvidarse de Nik, como de algo que dudaba que fuera a experimentar otra vez en su vida. Lo que no tenía por qué ser malo, se dijo. Que el sexo desinhibido pudiera ser fantástico no significaba que no lo fuera despertar junto a alguien a quien le importaras, o que al menos siguiera allí a la mañana siguiente.

Negándose a admitir el sentimiento de pérdida que seguía sintiendo como un peso en el pecho, se recordó que, cuando llegara el momento, ella buscaba en un hombre algo más que un perfecto conocimiento de la anatomía femenina. La torpeza acompañada de sentimientos era infinitamente preferible a la refinada tortura de una diestra caricia carente de emoción.

–¿Cuánto tiempo ha pasado? –preguntó él fríamente.

–No estoy segura –mintió ella, pensando «Dieciocho meses y dieciocho días...».

Se tensó cuando, sin previo aviso, él se inclinó y le rozó los labios con los suyos. Sus labios estaban calientes y le recordaron que lo habían estado aún más cuando sabían a ella... los músculos de su pelvis se contrajeron a la vez que exteriormente permanecía inmóvil como una estatua y combatía el impulso de devolverle el beso.

Nik sonrió. El estremecimiento que la había recorrido al besarla le recordó lo receptiva y generosa que había sido aquella noche. Y lo avaricioso que había sido él... Para compensar la punzada de culpabilidad que lo asaltó, se dijo que era ella quien había tomado la iniciativa y que no había estado dispuesta a aceptar una negativa por respuesta.

Su sonrisa y el brillo de sus ojos provocó un espasmo involuntario en las entrañas de Chloe del que se sintió avergonzada.

—Tienes muy buen aspecto —dijo él.

—Gracias. ¿Y cómo estás tú..., perdona... eras Nik, no?

Aunque el tono de Chloe fue cortés, su mirada trasmitía un mensaje muy distinto: «Vete al infierno».

Esa reacción desconcertó a Nik como si, al releer un libro favorito, hubiera descubierto que el personaje principal tenía una personalidad completamente distinta.

Excepto que la mujer de sus sueños se había limitado a tener una personalidad cálida, apasionada y entregada a sus deseos, y él no había sentido curiosidad por descubrir que otras cualidades pudiera tener.

Descubrir que sí las tenía, tomó a Nik por sorpresa a la vez que intentaba entender por qué reaccionaba tan negativamente hacia él. Pero fracasó ante la distracción que representaba su propia reacción hacia ella y el explosivo estallido de deseo primario que lo había cegado nada más verla.

Aunque había tardado apenas unos segundos en sobreponerse, el mero hecho de haber tenido que hacer ese esfuerzo lo perturbó. En su vida anterior, había practicado la templanza hasta que se había convertido en su segunda naturaleza. Había conocido en su trabajo a hombres y mujeres que no lo habían logrado y las terribles consecuencias que ello conllevaba. Mantener la distancia emocional era fundamental.

Había sido testigo de actos de heroicidad y sacrificio conmovedores, pero por cada uno de ellos había cientos de actos de crueldad. Si uno cargaba con esos aterradores recuerdos, acababa consumido por ellos.

La absurda comparación de una zona de guerra con una cena donde la gente entrechocaba copas en lugar de armas automáticas le arrancó una sonrisa. O casi.

Capítulo 3

ESTOY...

–Con Lucy Cavendish –Chloe concluyó por Nik. Y tuvo la satisfacción de ver la expresión de sorpresa que transformó su hermoso rostro.

–¡Lucy! ¡Me había olvidado de ella! –Nik la localizó con la mirada y vio que estaba charlando con otro invitado. Hizo una mueca al darse cuenta de que la había dejado plantada–. Me va a echar una buena bronca.

Chloe ahogó una exclamación. Si al menos hubiera mostrado un mínimo arrepentimiento, habría tenido una mejor opinión de él... O no.

Se enfadó consigo misma al darse cuenta de que intentaba excusarlo; como si se pudiera perdonar a un hombre que llegaba con una mujer y luego pasaba el tiempo con otra.

Eso le hizo preguntarse en qué cama se habría metido después de abandonar la suya.

Hacía tiempo, ese pensamiento le habría resultado doloroso. En el presente solo le revolvía el estómago.

–¡Qué rencorosa debe de ser una mujer que espera que recuerdes que has venido con ella! –sonrió, sarcástica–. Seguro que es capaz de creer que estarás a su lado cuando se despierte.

Sus palabras quedaron suspendidas en el aire cargadas del tipo de acusación que Chloe habría querido evitar. Acababa de sonar como lo que más odiaba en la vida: como una víctima, alguien de quien sentir lástima.

Entornó los ojos como si lo retara a expresar ese sentimiento, pero lo que encontró en su mirada fue algo distinto que no supo interpretar. En cualquier caso, lo prefirió; cualquier cosa era mejor que despertar compasión.

–Estabas dormida –ese era el motivo de que Nik evitara las relaciones de una noche. Siempre cabía la posibilidad de que la mujer en cuestión asumiera que una noche de sexo creaba una conexión sentimental profunda.

–No me refería a mí –Chloe enarcó las cejas como si se sorprendiera. Luego añadió con frialdad–: Lo nuestro fue sexo, no una relación. Aunque te habría agradecido que me despertaras porque tenía que llegar a una cita –frunció el ceño como si tuviera que recordar lo sucedido, aunque estaba grabado indeleblemente en su mente–. Sí, creo que llegué tarde.

Mentalmente, Chloe oyó: «Y el premio a la mentirosa más convincente es para... Chloe Summerville».

El sueño se había convertido una vez más en pesadilla incluso antes de que Nik hubiera decidido dejarla dormir. Ni siquiera había tenido elección. Acudir junto al lecho de su moribundo padre había borrado cualquier consideración por los buenos modales.

Y, efectivamente, había sido un alivio no tener que hablar con ella.

Le había aliviado evitar la potencial incomodidad o las recriminaciones de la mañana siguiente. No había sido su primera noche aislada, pero sus demás encuentros se habían dado con compañeras periodistas, inteligentes y autónomas, con las que había mantenido una relación de respeto mutuo, en la que las dos partes sabían que el deseo era una manera de escapar por unas horas de las imágenes y los sonidos de la guerra.

Le habría dado lo mismo que alguna olvidara su nombre o que se hubiera ofendido por llegar tarde a una cita al día siguiente. Por eso le desconcertó que le afectara el comentario de Chloe. Su fría actitud era precisamente lo que solía buscar en las mujeres con las que se relacionaba; mujeres con una actitud masculina hacia el sexo, que disfrutaban de él sin ataduras sentimentales.

—Lo siento. Yo también tenía que ir a un sitio. Pero, al contrario que tú, llegué a tiempo.

El diagnóstico de su padre había sido muy pesimista. Los médicos habían sugerido que dejaran que la naturaleza siguiera su curso, pero su madre había insistido en que le dieran otra sesión de tratamiento. Cuando Nik llegó, estaba sentado, con una pequeña dificultad al hablar como único rastro del ictus, y todo el mundo hablaba de un milagro.

—Me alegro de haberte visto —dijo Chloe, adoptando la actitud de quien olvidaba el nombre de la persona con la que estaba hablando—, pero debes disculparme. Estoy trabajando y tengo que circular entre los invitados —sonriendo con una forzada indiferencia, se volvió hacia el grupo en el que se encontraba Spiros.

Aun de no haberle resultado atractiva, que fuera ella quien lo dejara habría despertado el interés de Nik. No estaba acostumbrado a que las mujeres lo plantaran. La curiosidad fue más fuerte que su irritación.... O lo que fuera lo que sentía, porque no quería dedicarle tiempo y era más sencillo identificarlo como pura libido mientras observaba sus sensuales curvas y el suave contoneo de sus caderas.

Si acostarse con ella resultaba ser la manera de acabar con sus pesadillas, sería fantástico. Si no, intentarlo sería divertido. No intentarlo después de haberse encontrado con ella era una posibilidad que ni se planteaba.

La frustración que lo recorrió le dificultó trazar un plan que en sus sueños había sido innecesario. Haciendo un cálculo conservador, debía de haber hecho el amor con ella cada dos noches durante el último año... pero ya no se trataba de un sueño. Y Chloe Summerville era «más» en todos los sentidos que la mujer que recordaba.

Hasta un idiota se habría dado cuenta. Y se suponía que él era inteligente.

A Chloe le seguían temblando las piernas, pero al menos pensó que ya había pasado el peligro de caerse redonda. De pronto se dio cuenta de que se había producido un silencio porque esperaban que contestara.

Sonriendo a modo de disculpa, comentó:

–Perdón, estaba distraída. Intentaba acordarme de si tengo una aspirina en el bolso –aprovechó que rebuscaba en el pequeño bolso para dejar que el cabello le cubriera el rostro.

No podía dejar de pensar en la conversación que acababa de tener. Cuando Nik le había preguntado cuándo se habían visto, se había asombrado de saberlo con tanta precisión. Era deprimente...

¿Qué habría visto en él? Bueno, aparte de su rostro, su cuerpo, la primaria y electrizante sensualidad que irradiaba... Aparte de eso, ¡nada!

Solo un aura taciturna teñida de temeridad, y un atisbo de vulnerabilidad.

Pero esa vulnerabilidad había desaparecido y ella ya no era una joven romántica e ingenua. Aunque viendo cómo había reaccionado al ver a Nik, era una suerte que hubiera decidido que la abstinencia era el mejor camino... por lo menos por un tiempo. Quizá el futuro le deparara otros planes.

Pero una de las ventajas de la castidad era que podía contemplar a aquel hombre increíblemente sexy y recordar sin inmutarse, como si le hubiera sucedido a otra persona, el roce de su piel caliente contra la de ella.

«Eres una mentirosa, Chloe Summerville».

—¿Te duele la cabeza? –le preguntó una mujer cuyo nombre fue incapaz de recordar en ese momento.

—Solo un poco.

Entonces Nik le tocó el brazo. Supo que era él sin necesidad de ver sus dedos sobre su piel por cómo se intensificó su dolor de cabeza y por cómo se le aceleró el pulso. Siguió mirando en su bolso para intentar calmarse.

—¿Has perdido algo? –preguntó él.

—Una aspirina. Tengo dolor de cabeza.

«Y estoy mirando a quien me lo provoca», pensó, aunque no fuera cierto porque intentó desviar la mirada de la alta figura que se cernía sobre ella.

Pero aunque pudiera controlar sus ojos, no podía hacer lo mismo con sus pensamientos, que se sucedían en una repetición circular. Lo último que había pensado cuando entraron en aquel bar fue que saldría de él con un desconocido. Nunca había sido alguien dominado por sus hormonas, y aunque tenía muchos amigos, no había tenido amantes. De hecho, había llegado a la conclusión de que el sexo no le interesaba particularmente.

Hasta aquella noche, en la que descubrió, al comprobar que estallaba como un volcán, que su deseo solo había estado latente.

—Chloe, ¿conoces a Olivia? —preguntó Spiros, ajeno a la situación, atrayendo al grupo a una atractiva mujer madura.

Chloe negó con la cabeza, aprovechando la oportunidad para dar la espalda a quien era el mayor error de su vida.

—Olivia, esta es la joven de la que te estaba hablando. A Olivia le ha interesado mucho tu proyecto. Su marido, que hoy está ausente, es cirujano plástico.

El rostro de Chloe se iluminó.

—¡Por eso me resulta familiar! —exclamó—. He visto su fotografía sobre el escritorio de la consulta de su marido.

Al oírla, Nik esbozó una sonrisa burlona. El cirujano debía de ser muy bueno porque era imposible detectar los arreglos que Chloe se había hecho. Cualesquiera que fueran, decidió observando su expresivo rostro mientras hablaba, era evidente que no se había puesto Botox.

Sin embargo, en ese momento apreció algunos cambios en ella, aunque no los asoció a la cirugía plástica. Parte de la dulzura de la juventud la había abandonado; estaba más «afilada», se apreciaba mejor su magnífica estructura ósea. Mientras la estudiaba, la idea de tener relaciones con ella por razones terapéuticas fue sustituida por la de tenerlas lo antes posible tan solo porque lo deseaba.

–Disculpad –dijo.

En aquella ocasión, cuando notó su mano rodearle la muñeca, Chloe no pudo evitar girarse hacia él. Fue un intento de defenderse, pero fracasó.

Nik estaba más cerca de lo que había calculado. Su pecho se elevó cuando tomó y contuvo el aire mientras su corazón se aceleró como el de un atleta a punto de oír el pistoletazo de salida.

Reprimiendo el impulso de taparse la boca al ver que él fijaba la mirada en sus labios, esperó a que Nik retrocediera un paso para, al dejar de sentir el calor de su proximidad, soltar el aire que permanecía atrapado en sus pulmones. Desafortunadamente su aura de sexualidad tenía un radio demasiado amplio.

–¿Puedo robaros a Chloe un instante? –preguntó Nik, tomándola del codo.

Para cualquiera que los observara su actitud y su lenguaje corporal sugerían que entre los dos había una relación íntima.

Esa idea habría hecho sonreír a Chloe de no haber tenido los rasgos congelados en una expresión que confiaba con todas sus fuerzas que pareciera ser de indiferencia. ¡Lo que habían compartido era prácticamente una colisión! Una colisión extremadamente íntima, pero... En su mente se sucedieron una serie de imágenes como si experimentara un viaje astral.

Mientras se quedaba dormida en sus brazos había pensado que no se había sentido tan cómoda con nadie en toda su vida.

Pero comodidad no era precisamente lo que sentía

en aquel momento mientras él prácticamente la arrastraba hacia el hueco que formaba una ventana en el que, gracias a unas cortinas, se creaba un espacio de privacidad que Chloe habría preferido evitar.

Inmediatamente, se separó de él todo lo que fue físicamente posible. Él recibió el gesto con un sarcástico movimiento de las cejas.

Chloe se aferró con alivio al enfado que sentía al tiempo que ignoraba la preocupante excitación que le recorría las venas como burbujas de champán.

—¿Qué demonios crees que estás haciendo? —masculló entre dientes.

Su sedoso cabello rubio se movió en torno a su rostro en atractivas ondas acompañando la sacudida de su cabeza. Al verlo, Nik recordó cuánto le había costado recogérselo con una mano y cómo cada vez que sus dedos rozaban su mejilla, ella se estremecía.

«Buena pregunta, Nik». ¿Qué demonios estaba haciendo?

Dijo lo primero que se le pasó por la cabeza.

—Así que perteneces a la realeza. ¿A cuál?

—¿Pero tú...? ¡Estaba en medio de una conversación importante!

Nik se encogió de hombros.

—Ahora estás hablando conmigo. Y, si por importante quieres decir que estabas a punto de conseguir una donación para tu causa benéfica, yo te la doblo.

Chloe dejó escapar el aliento con un silbido.

—¿Se supone que debe impresionarme tu altruismo cuando ni siquiera sabes para qué es el dinero?

—¿Acaso tiene importancia?

Chloe habría querido abofetearlo.

—Se ve que para ti no —dijo con desdén.

—Sigues sin contestarme.

—¿El qué?

—¿De qué familia real...?

Chloe resopló con hastío y contestó como una autómata:

—Mi familia vive en East Vela. Es una isla —la mayoría de la gente no tenía ni idea de dónde estaba, aunque casi todo el mundo había visto la boda real en la televisión.

Nik demostró estar mejor informado.

—¿La isla que acaba de reunificarse? —al ver que Chloe asentía, preguntó—: ¿Qué lugar ocupas tú?

Chloe contestó con su habitual comodín:

—Soy la hermana que no se ha casado con el futuro rey.

—¡Qué afortunada!

Esa no solía ser la respuesta habitual que recibía, y Chloe reaccionó a la defensiva a la posible crítica implícita a su cuñado.

—¿Por qué? Todo el mundo envidia a mi hermana.

—¿Tú también?

Lo inesperado de la pregunta hizo parpadear a Chloe.

—¿Qué clase de pregunta es esa?

—Me refiero a que es una suerte porque ser reina y tener un pasado debe de ser una pesadilla. Sobre todo, si tienes amantes que quieran dar publicidad a su relación.

Chloe estuvo a punto de decir que su único amante parecía más preocupado que ella por mantener un perfil discreto, así que ese problema no se habría planteado. Pero optó por mantener un tono de frívola indiferencia.

—En eso no te falta razón —dijo. Pero al instante la asaltaron recuerdos de haberse sentido utilizada, de cómo se había despreciado a sí misma, y se preguntó por qué estaba comportándose como quien no era. Alzó la barbilla y añadió—: ¿Por qué no me acusas de ser una chica fácil y lo dejamos aquí?

Nik alzó los ojos desde sus senos y la miró fijamente. Chloe tomó aire para dominar el temblor de su voz antes de añadir:

—Que me trataras sin ningún respeto no significa que yo no me respete a mí misma, Nik.

¡Estaba reprendiéndolo! Nik estaba demasiado atónito como para reaccionar de inmediato, y demasiado avergonzado como para admitir que se lo merecía.

Chloe añadió:

—Por si no lo sabes, estamos en el siglo XXI; nadie espera que un príncipe se case con una virgen.

—Como he dicho, es una suerte, o la realeza europea se extinguiría.

Nik habló lentamente porque tras cada palabra estuvo a punto de perder el hilo de lo que decía. La actitud airada de Chloe se superponía a aceleradas imágenes y recuerdos de aquella noche, y a la impresión que había tenido de que todo era nuevo para ella. ¿Era virgen?

—De todas formas, somos una especie en extinción —dijo ella—. Lo llaman evolución. Pronto las familias reales serán como los dinosaurios.

—La evolución es mejor que la revolución... ¿A qué te refieres con mi falta de respeto? —preguntó Nik súbitamente, esperando tomarla desprevenida para que fuera sincera.

Chloe permaneció callada.

—¿Te molestó que no me despidiera?

Chloe bajó la mirada.

—Tengo que reconocer que fue la primera vez.

¿La primera vez de qué? La posibilidad de que fuera virgen, teniendo en cuenta que había sido ella quien se había acercado a él, resultaba absurda. Y en caso de que fuera verdad, ¿quería saberlo? ¿No acumulaba suficiente sentimiento de culpabilidad en su vida como para añadir más? El problema era que, una vez esa idea se introdujo en su mente, no pudo evitar verbalizarla.

—¿La primera vez que te despertaste sola, o la primera vez, punto?

Chloe sintió una gota de sudor recorrerle la espalda y optó por hacer como que no entendía la pregunta.

—¿La primera relación de una noche? ¿No lees las encuestas de las revistas? Todo el mundo las practica.

—La gente miente en las encuestas.

La intensidad con la que la observaba le hizo sentir a Chloe como si pudiera leerle el pensamiento.

—Y no estoy hablando de sexo de una noche —concluyó Nik.

Sintiéndose acorralada, Chloe reaccionó con arrogancia.

—Disculpa, pero no creo que te deba ninguna explicación.

—Así que eras virgen.

—¿No lo hemos sido todos alguna vez... incluso tú? ¿Qué edad tenías cuando...? —Chloe abrió los ojos desmesuradamente y continuó—: Dios mío, he dicho eso en alto, ¿no?

–Yo tenía dieciséis años y ella... algunos más –era la glamurosa y aburrida madre de uno de sus amigos del internado, y Nik había estado encantado de ser seducido–. Pero ni a esa edad habría pensado que era una buena idea pasar la noche con una desconocida a la que hubiera conocido en un bar.

–¡No fue algo planeado!

–No tengo nada en contra de la rebeldía de la juventud, pero no me gusta ser utilizado.

Chloe se enfureció ante su hipocresía.

–¿Así que ahora tú eres la víctima y yo debo pedirte perdón? Aquí no hay víctimas... Te vi y... –desvió la mirada–. ¡Tampoco ofreciste demasiada resistencia, la verdad!

Nik no pudo evitar reírse.

–Sospecho que acabé con algunas de tus fantasías románticas –comentó.

–No te preocupes, alguna vez tenía que pasar. La terapia me ha ayudado a superarlo –bromeó Chloe con sorna, pero al darse cuenta de que Nik probablemente había necesitado verdaderamente terapia para superar la muerte de su amigo, añadió–: Aunque no tengo nada en contra de la terapia, por supuesto.

Nik apretó los dientes.

–¿Qué te ha contado mi hermana?

Chloe sacudió la cabeza diciéndose que el amor que Tatiana manifestaba constantemente por él demostraba que el amor era ciego... El problema era que la libido no lo era.

–Nada, excepto que eres un experto en todo. Para serte sincera, estaba harta de oír tu nombre.

Nik le puso un dedo en los labios para que no lo interrumpiera.

–Eres absolutamente perfecta. ¡Me gustaría acostarme contigo ahora mismo!

La súbita declaración expresada en un susurro sensual cargó el aire de electricidad y tensión sexual. Chloe se quedó paralizada mirándolo, mientras Nik deslizaba el dedo por su mejilla.

Afortunadamente, una voz brotó de su interior, preguntando: «¿Qué estás haciendo, Chloe?».

–¿Te suele funcionar esa frase para ligar? –estaba segura de que sí, y ella hubiera sido una de las mujeres a las que habría seducido de no ser por la palabra «perfecta». Nik seguía creyendo que su cuerpo era el que tenía dieciocho meses atrás.

La realidad probablemente haría que saliera huyendo.

–No es una frase hecha –Nik deslizó una mirada cargada de sensualidad por su cuerpo–. Estás preciosa.

–Ya –pero Chloe se recordó que las apariencias eran cruelmente engañosas. Aunque le hubiera tentado aceptar su oferta, sabía que no era ella lo que quería, sino su perfecto cuerpo.

Y ese cuerpo ya no existía.

No solía regodearse en el dolor de su pérdida, pero en aquel instante la golpeó como un mazazo.

–Había olvidado lo directa que eres. Es muy refrescante.

El recuerdo de lo directa que había sido hizo que Chloe se sonrojara. Si llegaba a recuperar aquel tipo de confianza en sí misma, no sería con un hombre como Nik Latsis, sino con alguien que viera más allá de las cicatrices y que la quisiera por sí misma.

–Me alegro de haber tenido ese efecto en ti. Ahora,

si no te importa, voy a refrescarme yo con una copa. No me interesas... ¿es eso bastante directo para ti?

–Me sentiría devastado si te creyera –dijo él, sosteniéndole la mirada.

–Te aseguro que no siento el menor interés por ti –efectivamente, no era interés, sino fascinación, pero una fascinación que solo podía acabar mal.

–No te preocupes, Nik. Si me interesaras a mí, serías el primero en saberlo... o quizá el segundo –dijo Lucy Cavendish, apareciendo súbitamente–. Mi dentista tiene unos ojos preciosos –sonrió a la vez que miraba a Chloe–. Tú también.

Chloe sintió que las mejillas le ardían de vergüenza.

¿Desde cuándo los escuchaba la modelo? En cualquier caso, no parecía en absoluto molesta por lo que pudiera haber oído... ¿No la tomaba por sorpresa? ¿Le daba lo mismo compartir a su hombre? ¿O incluso...? «No es asunto tuyo», se dijo, cerrando la puerta a esa perturbadora especulación.

–La cena está servida y yo me muero de hambre –continuó Lucy. Y, dirigiéndose a Chloe, añadió–: Por cierto, me encanta tu blog. Si quieres que te cuente anécdotas salaces de este, no tienes más que preguntarme –le guiñó el ojo y se llevó a Nik consigo.

Capítulo 4

CHLOE experimentó un irracional sentimiento de abandono al ver a la pareja alejarse del brazo. Se retrasó unos segundos mientras los invitados cruzaban la puerta hacia el comedor, a través de la que se veía una gran mesa con un mantel de lino blanco, porcelana y cristalería. Al entrar vio que Eugenie dirigía a los invitados a sus sitios. En ese momento, Nik se inclinó a besar a su sobrina.

—Estoy trabajando, tío Nik —protestó, aunque le devolvió el beso.

Chloe le vio lanzar una mirada de sorna a su hermana.

—¿Qué es esto, Ana, trabajo infantil?

—Querrás decir, sentar las bases de una saludable ética laboral —replicó Tatiana.

—No, tío Nik, es en esa dirección —Eugenie alzó la voz a su tío, que se alejaba de ella.

—No, cariño, creo que este es mi sitio —Nik tomó la tarjeta que identificaba su nombre y se la mostró.

Eugenie frunció el ceño y sacó una tableta del bolsillo.

—Yo pensaba que...

Su madre le quitó la tableta y dijo precipitadamente:

—Así está bien, cariño —a la vez que recogía una

tarjeta del suelo y, tras leer el nombre, la dejaba en un hueco que quedaba en la mesa.

Su hermano reaccionó con una teatral expresión de inocencia a la significativa mirada que le dedicó.

Viendo el intercambio, Chloe sintió una profunda aprensión que vio confirmada cuando la adolescente la llevó junto a Nik, que la esperaba con la silla contigua separada de la mesa.

Sus miradas se encontraron, pero Chloe desvió la suya automáticamente.

La idea de pasar la cena junto a él le hacía sentir náuseas. «¡Vamos, reacciona, Chloe!», se amonestó. «Lo peor que te puede pasar es que se te atragante la comida».

—Qué agradable, ¿verdad? —Nik abandonó la inocencia y en sus ojos se reflejó un brillo retador mientras esperaba a que Chloe se sentara para acercar la silla a la mesa—. ¡Qué confortable! —musitó antes de ocupar su asiento.

«¿Confortable?». Al tiempo que saludaba a la mujer sentada a su otro lado, Chloe se dijo que esa sería la última palabra con la que describiría estar junto a Nik Latsis, pero se mordió la lengua para contener los comentarios sarcásticos que se le pasaron por la cabeza. Era mejor ignorar cualquier provocación y actuar con dignidad.

—Gracias —musitó ella, satisfecha con el tono entre condescendiente y frío con el que sonó.

Nik apoyó los codos en la mesa y la miró.

—¿Por qué no me lo preguntas si estás deseándolo?

Chloe bebió un trago de vino al tiempo que miraba el plato que acababan de ponerle delante. Olía deliciosamente, pero no tenía apetito.

–No sé a lo que te refieres.

–Está bien, te sacaré de tu incertidumbre. Lucy y yo no somos pareja; solo buenos amigos.

–¡Qué alivio! Si no llegas a decírmelo no habría podido dormir.

En lugar de irritarse, Nik sonrió.

–Ana insiste en presentarme a posibles parejas en sus pequeñas y acogedoras cenas.

–Esta no es una cena ni pequeña ni acogedora. Y tú no eres el protagonista.

–¡Ay, qué daño! –bromeó Nik.

–Podrías acudir a una agencia de citas en lugar de confiar en las habilidades casamenteras de tu hermana –sugirió Chloe.

–Siempre he pensado que el sentido del humor está sobrevalorado, sobre todo si la broma es a mi costa. Ana quiere que siente la cabeza, y piensa que el matrimonio resolverá todos mis problemas. Lo hace con la mejor intención, pero puede resultar... molesto. La cuestión es que Lucy no es mi novia.

–¿Por qué te molestas en decírmelo?

–Porque, cuando te diga que vengas a mi casa esta noche, quiero que contestes que sí.

Después de lanzar esa carga de dinamita, Nik se volvió tranquilamente hacia el hombre que tenía a su derecha y se enfrascó en una conversación sobre el último escándalo de la banca.

Chloe no podía oírlos porque el zumbido de su mente la ensordecía. Por supuesto que le diría que no.

Apoyó la mano sobre el muslo, recorriendo con los dedos suavemente las líneas que marcaban su piel debajo de la seda azul. Sentir las cicatrices tuvo el efecto inmediato de aclararle la mente y despejar cualquier duda.

—Era una fan de su blog. ¿Cabe la posibilidad de que lo retome?

Chloe salió de su ensimismamiento y sonrió a la mujer sentada frente a ella que había hecho esa pregunta.

—Nunca se sabe, pero por ahora no.

La mujer pareció desilusionada.

—Supongo que ahora está muy ocupada.

Nik había dado por terminada la conversación con el hombre que tenía a su derecha y observó a Chloe, que en ese momento, asía el pie de su copa con firmeza.

—¿Cuál es ese blog del que he oído hablar varias veces? —preguntó con curiosidad.

¡Acababa de anunciarle que iba a invitarla a pasar la noche en su cama y era capaz de sacar un tema banal de conversación! ¿Compartimentaría su vida tan fácilmente como sus conversaciones? Si era así, Chloe no podía sino envidiarlo.

—Era un blog de moda. Empecé casi por casualidad, comentando cosas que veía, tendencias; y se convirtió en un éxito al mencionarlo tu hermana.

—¿Era?

Chloe hizo girar el vino en su copa.

—Ahora hago otras cosas.

Los sueños siempre eran más exagerados que la realidad, tendían a distorsionarla, y Nik había asumido que su memoria había editado lo ocurrido, eliminando fallos, añadiendo un filtro rosado a la realidad de la mujer que había compartido su cuerpo con él. «Compartir» no parecía la palabra adecuada para expresar la ausencia de barreras que había habido entre ellos; pero en aquel momento, sentado junto a ella, se dio cuenta de que la realidad superaba al recuerdo. Y era virgen... que hubiera reaccionado a la defensiva había confirmado su disparo al aire... aunque seguía resultándole inconcebible.

—Supongo que mucha gente se aburriría pronto si no tuvieran que pagar el alquiler, lady Chloe.

El intento de provocarla se vio compensado cuando ella le dedicó una mirada.

No era la primera vez que alguien unía el título a su nombre y asumía que eso la convertía en una dama desocupada, que no necesitaba trabajar para vivir.

Era gente que no sabía que aunque su familia perteneciera a la aristocracia y tuviera un castillo, no tenía dinero, lo que explicaba los agujeros en el tejado, la fontanería obsoleta y que su hermana y ella siempre hubieran tenido que trabajar. Claro que eso no las convertía en pobres, comparadas con la mayoría de la gente, pero el hombre que la estaba juzgando no formaba parte, ni mucho menos, de la mayoría.

La indignación hizo que le hirviera la sangre, pero forzó una falsa sonrisa y pestañeó como la mariposa social que Nik parecía creer que era.

—¡Cuánto envidio a la gente del pueblo con sus sencillas vidas! Tengo entendido que hay quien no se baña en leche de burra, ni tiene quien le ponga la pasta de dientes en el cepillo.

—¿Te he ofendido? —preguntó Nik. Y al deslizar la mirada desde sus ojos a sus labios y verlos apretados, su cuerpo se sacudió con el recuerdo de sus besos, de su sabor.

Chloe dejó escapar el aliento y sus miradas se en-

contraron. Era consciente de que respiraba aceleradamente mientras trataba de ignorar cómo vibraba el
aire entre ellos.

—¡Me ofende hasta que respires! —masculló, y se
arrepintió al instante de haber hecho un comentario
tan infantil. Miró alrededor para asegurarse de que no
la había oído nadie—. Escucha, Tatiana es mi amiga y
no quiero ser grosera con su hermano.

«Ni acostarme con él».

—¿Ni ahuyentar a un potencial donante?

Chloe se sintió culpable por haber olvidado cuál
era el objetivo de la velada. Tatiana había cumplido
con su parte al invitar a gente solvente que podía con-
tribuir a su fundación, pero el resto estaba en sus manos.

—Eso es verdad. Y cualquier donativo es bienve-
nido.

—¿Desde cuándo os conocéis?

—Aunque ya había mencionado mi blog, no nos
conocimos hasta hace un año, unos meses después
de... —Chloe se calló bruscamente y bajó la mirada.

—¿Después de qué? —a su pesar, el súbito silencio
de Chloe despertó el interés de Nik.

—Después de que me aburriera del blog —contestó
ella, negándose a analizar por qué no quería hablarle
del accidente. Se puso a comer, fingiéndose intere-
sada en la comida aunque apenas le sabía a nada.

Nik, que seguía sin probar bocado, apoyó el codo
en la mesa y la estudió.

—¿Y a qué te dedicas ahora, aparte de vender bole-
tos para la lotería?

—Trabajo en la promoción de la organización benéfica.

Por «trabajo», Nik asumió que habría organizado un pase de moda o un baile de disfraces, lo que no estaba mal, pero le parecía poca cosa para estimular a alguien tan claramente inteligente. Su rostro se ensombreció al darse cuenta de que, aunque no comprendiera por qué, se sentía desilusionado.

Después de todo, no había puesto en ella ninguna expectativa, y Chloe no era la primera mujer de la nobleza que no tenía un trabajo de verdad. Tal vez se debía a que él estaba rodeado de mujeres fuertes y ambiciosas. Su madre era socia de un bufete de abogados y su hermana hacía equilibrios entre una carrera de éxito y la maternidad, lo que hacía aún más incomprensible su relación con Chloe. No conseguía entender qué podían tener las dos mujeres en común.

—No tengo aquí mi cartera, pero sí el talonario, y soy un buen hermano —dijo.

Antes de que Chloe pudiera reaccionar a su tono paternalista, un hombre griego de cabello canoso se rio al otro lado de la mesa.

—Yo no le daría un cheque en blanco, amigo. Esa joven es implacable.

Nik enarcó una ceja.

—Creía que solo era un rumor.

—Me cuesta más que mi mujer.

—¿Cuál de ellas, Joseph?

La pregunta despertó una carcajada en la mesa.

—Es por una buena causa —Tatiana palmeó la mano de Nik. El murmullo de asentimiento que siguió a sus palabras dejó a Nik con la sensación de estar excluido, de ser el único que no sabía a qué se refería el anciano.

—¿Y cuál es esa causa?

El resto de la mesa se había enfrascado en sus propias conversaciones y la curiosidad que sentía fue lo único que permitió a Nik distraerse de la presión que sentía en la ingle.

Era una locura. No recordaba que ninguna otra mujer despertara en él tan inmediato y pulsante deseo. La noche anterior, sobre las tres, se había evaporado de su sueño como humo, tal y como siempre sucedía. ¿Qué sentiría despertando con ella, en carne y hueso, en sus brazos? ¿Desaparecerían tanto ella como sus pesadillas?

Chloe desvió la mirada del vaso en el que se había concentrado y se retiró un mechón de cabello de la mejilla. Le desconcertaba la reticencia que sentía a hablar de un tema por el que sentía tanta pasión.

—Ayudo a las víctimas de quemaduras. Originalmente, la idea fue reunir donaciones para comprar el equipo especializado del que carecía el Servicio Nacional de Salud.

Nik no había esperado nada parecido.

—¿Y ahora?

—Bueno, eso sigue siendo parte del proyecto, pero también pretendemos organizar centros con acceso a terapias físicas y psicológicas; además de cuestiones más prácticas, como lecciones de maquillaje para disimular cicatrices, y cursos de formación laboral.

Nik vio cómo su rostro se iba animando a medida que hablaba. Chloe era una apasionada de lo que hacía.

—Parece un proyecto muy ambicioso para alguien tan joven.

Chloe alzó la barbilla.

—No sé qué tiene que ver mi edad en esto. Además, me educaron para aspirar alto.

—¿Quieres decir que pensar positivamente hace milagros?

—No pido milagros. Todo lo que nos proponemos es realizable. Tengo los resultados y las cifras que lo demuestran. En cuanto al pensamiento positivo... puede que ayude, pero llega un momento en que hay que pasar a la acción. Esto no es un juego para mí.

—Se nota —dijo Nik a su pesar. No quería admirarla; quería acostarse con ella. La compatibilidad en la cama no tenía que implicar apreciación de la otra persona. De hecho, solo creaba complicaciones—. ¿Y por qué has elegido esta causa en particular?

—Conocí a alguien en el hospital...

—¿Has estado enferma? —visualizarla en la cama de un hospital le hizo un nudo en el estómago.

Chloe desvió la mirada hacia su copa y respiró pausadamente antes de decir con calma:

—Salí lanzada de una motocicleta —soltó una risa temblorosa—. O eso me han contado.

No recordaba el más mínimo detalle. Solo que había montado en una moto y le había dicho a su hermana que la siguiera. Después, nada, excepto el olor a quemado y las sirenas. De no haber sido por su cuñado, ni siquiera recordaría eso.

No estaría viva.

Descubrir que la vida era tan frágil le había hecho tomar la determinación de dedicar la suya a algo tangible que la sobreviviera.

—Espero que el conductor no se fuera de rositas —masculló Nik, imaginándosela abrazada a algún idiota con cazadora de cuero.

—No iba de paquete —dijo Chloe, consciente de que era una estupidez sentirse orgullosa. Después de todo, ser tan independiente solo significaba que, cuando se cometía un error, no había con quien compartir la culpa.

—¿Así que te gusta llevar las riendas?

—Si con eso te refieres a tomar mis propias decisiones, por supuesto. Entre mis fantasías nunca ha estado la de ser dominada por un hombre.

—¿Te gusta asumir riesgos?

Sostener la mirada retadora de Nik fue de lo más peligroso que había hecho en mucho tiempo.

—No soy yo quien vive de esquivar balas.

Nik se tensó, y, cuando volvieron a mirarse, Chloe percibió sombras en sus ojos que pertenecían a un hombre que había visto demasiados traumas en su vida. Un instante más tarde, su expresión cambió abruptamente, volviéndose hermética.

—Ya he superado esa fase.

La amargura de su tono confirmó a Chloe que no se lo había imaginado. Por unos segundos, entró de nuevo en el bar y al ver sentado a la barra al hombre más guapo que había visto en su vida, sintió una empatía instantánea con el dolor que emanaba.

Volviendo al presente, extinguió ese sentimiento con una buena dosis de objetividad. «No necesitas otra causa», se amonestó. «Y mucho menos a este hombre».

—¿Resultó alguien más herido en el accidente?

—Varias personas, incluido mi cuñado... aunque entonces todavía no lo era. Por lo visto, unas horas antes se había derramado aceite en una curva cerrada y... Solo yo y mi destino tenemos la culpa.

Nik giró la silla hacia ella.

—¿Crees en el destino?

Chloe se encogió de hombros.

—Creo que uno toma decisiones y que ha de vivir con las consecuencias.

—No parece que tú hayas sufrido consecuencias duraderas.

Nik no tenía ni idea. Chloe reprimió el impulso de tocarse la pierna y ocultó la mirada tras sus largas pestañas.

—Tuve mucha suerte —dijo con voz queda.

—¿En qué más crees?

Nik casi envidiaba su idealismo y se preguntó si era eso lo que la había guiado a su cama. ¿Lo habría visto como un héroe romántico o no había sido más que un medio para un fin? No estaba seguro de cuál de las dos posibilidades lo perturbaba más.

—Creo en la entereza del ser humano; creo que uno no debe dar nada por hecho y que... —Chloe se rio—. Y creo que te estoy aburriendo.

—¡Preferiría morirme!

La horrorizada exclamación por parte de una de las invitadas resonó en la mesa.

—¿Preferirías morirte a qué, querida? —preguntó el hombre que estaba a su lado.

—A usar una talla catorce —la mujer fingió un escalofrío—. ¡Qué espanto!

Chloe se preguntó qué pensaría si viera sus cicatrices. Y suponía que su reacción sería compartida por más de uno.

—Debe de tener un desorden alimenticio y lo peor es que se lo pasará a su hija.

Chloe se enfureció al tiempo que coincidía con la opinión que Nik acababa de expresarle al oído porque suponía que él jamás saldría con una mujer con sobrepeso.

−¿Quieres decir que el aspecto no te importa? −preguntó airada−. ¿Saldrías con alguien que no fuera perfecto?

Nik la miró desconcertado.

−Eso suena muy personal. ¿Fuiste un patito feo antes de convertirte en un cisne? ¿Tenías granos y estabas gordita?

−¿Has cambiado las tarjetas para sentarte a mi lado y torturarme?

−No me has contestado.

−Tú a mí tampoco.

Nik asintió.

−Tengo ciertas habilidades −dijo. Y tras mostrar la palma de la mano, la giró y se sacó una tarjeta de la manga. Chloe apretó los labios−. Es cuestión de destreza manual y de distraer a tu audiencia. ¿Has pensado en mi oferta para volver a casa conmigo?

Chloe lo miró fijamente y dijo:

−Asumía que bromeabas −se alegró de encontrar la forma de negarse sin herir su ego.

Nik no pareció agradecérselo.

−Entonces tendré que demostrarte que no es así.

Con los nervios a flor de piel, Chloe derramó una copa al ponerse en pie bruscamente. Consciente de que la miraban, bromeó:

−Mandadme la cuenta de la lavandería.

Los comensales sonrieron y apenas la miraron mientras se acercaba a Tatiana.

−Tengo que llamar a palacio para...

−Por supuesto −replicó Tatiana−. Llama desde mi despacho. Luego ven a tomar café al salón.

Capítulo 5

CHLOE escuchó a su hermana contarle las alegrías de las náuseas matutinas y solo cuando colgó se dio cuenta de que la presión que sentía en el pecho era envidia. Su hermana se merecía ser feliz, solo se trataba de que le hacía consciente de todo aquello que ella nunca tendría.

Alarmada al ver que se sumía en un estado de autocompasión, decidió salir. Pero, cuando iba hacia el salón, se acobardó, entró en el cuarto de baño y pasó un largo rato admirando la decoración.

En ocasiones la discreción era la mejor muestra de valor. Confiando en que no hubieran ido a buscarla al ver cuánto tardaba, esperó lo bastante como para que su salida coincidiera con la partida de los invitados. Con suerte, podría marcharse sin volver a coincidir con Nik.

Acababa de salir al pasillo cuando oyó la voz de Lucy y volvió al cuarto de baño. Aunque fue un acto reflejo, se sintió ridícula al cerrar la puerta. No trataba de evitar a Lucy; el mero hecho de estar escondiéndose la avergonzaba.

Con un suspiro, dejó el bolso en la encimera de mármol y se miró en el espejo.

Estaba pálida y sus ojos muy brillantes. Se inclinó y se tocó las ojeras. El maquillaje no llegaba a ocultar el tono azulado, resultado de haber dormido mal la semana precedente tras haber tomado la decisión de no volver a operarse.

Había sido una decisión liberadora que le había hecho sentir que retomaba las riendas de su vida. Pero un solo encuentro con Nik Latsis había tirado ese equilibrio por la borda.

Dio la espalda al espejo y sacudió la cabeza, negándose a analizar sus sentimientos. Se volvió, abrió el grifo del agua fría y la dejó correr por sus muñecas al tiempo que esperaba a que se le desacelerara el corazón. No quería creer que Nik Latsis la atrajera. Esa mentira habría sido preferible a admitir que un hombre como él solo esperaba la perfección.

Cerró el grifo y se miró en el espejo.

—No te engañes, Chloe.

Bajó las escaleras y encontró el vestíbulo vacío, pero la puerta abierta. No se veía a Tatiana por ningún lado, así que decidió llamar a un taxi antes de despedirse de su anfitriona.

Había empezado a teclear el número cuando la sobresaltó una voz a su lado.

—¿Te has estado escondiendo? —preguntó Nik.

—¿Qué?

Llevaba un abrigo negro abierto; su cabello y su rostro estaban salpicados de lluvia. Arrastraba el olor del exterior.

Chloe intentó disimular su desaliento y la inapropiada excitación que acalambró los músculos de su estómago.

—Aún no te has ido.

—Como buen caballero, he acompañado a las damas a sus taxis —Nik mostró un paraguas.

Chloe asió el teléfono con fuerza, tratando de ignorar la corriente eléctrica que la recorría.

–Yo estoy llamando a uno.

Nik la observó mientras marcaba el número. Percibió algo vulnerable en su rostro, delicado, y creció en su pecho una emoción que no quiso reconocer como de ternura.

–No necesitas un taxi.

Chloe lo miró.

–Gracias, pero no –dijo con firmeza.

–¡Sigues aquí! –se oyó decir a Tatiana.

Chloe se alegró de verla, pero le extrañó que pareciera preocupada.

–Iba a despedirme después de llamar a un taxi. ¿Se me ha olvidado algo?

Saludó con la mirada a Lucy. que seguía a Tatiana. Esta sacudió la cabeza y explicó:

–Spiros acaba de llamar para advertir que no se vaya por... Bueno, por ninguna carretera. Las protestas pacíficas han dejado de serlo, y la policía ha cerrado varias calles. Spiros está en un atasco y ha visto un coche en llamas. Sería mejor que os quedarais a pasar la noche. Hay alborotos e incluso saqueos.

–Yo voy caminando, así que no hay problema –dijo Lucy.

Tatiana la miró alarmada.

–Tranquila, he reservado habitación en el hotel que hay a la vuelta de la esquina –explicó Lucy. Le dio un beso, otro a Nik y saludó a Chloe con un movimiento de la mano–. Una noche muy interesante.

Chloe no se molestó en interpretar el críptico mensaje.

–Y yo voy en la dirección de Chloe, así que puedo

llevarla —anunció Nik en un tono que no admitía discusión.

–¿Cómo sabes dónde voy? –Chloe suavizó su actitud antes de añadir–: No quiero molestarte.

–¡Tonterías! –Tatiana lanzó una mirada de advertencia a su hermano–. Estás encantado, ¿verdad?

Chloe apretó los dientes mientras él ponía cara de buen chico y decía:

–Por supuesto –al contrario que Tatiana, que dio un salto atrás, Chloe tardó en reaccionar cuando abrió el paraguas y salpicó su entorno con gotas frías. Por eso solo ella le oyó añadir–: Mi camino es tu camino.

Chloe lo miró indignada.

–Muy bien, resuelto –dijo Tatiana con gesto de alivio–. Mándame un mensaje cuando llegues a casa.

Chloe asintió.

Luego suspiró y se rascó la nariz. Lo cierto era que, a pesar de todo, una parte de ella disfrutaba coqueteando con él... Aunque esa no era la palabra adecuada; «combatir» describía mejor los acelerados y provocativos intercambios que habían mantenido durante la velada.

Se había sentido como... una mujer. Chloe abrió los ojos desmesuradamente al darse cuenta de cuánto tiempo llevaba reprimiendo su sexualidad.

–¿Estás bien? –preguntó Nik.

–Perfectamente –mintió ella.

–Tienes cara de que te duele algo.

–El único dolor que tengo... –Chloe reprimió un comentario sarcástico y concluyó–: es un poco de dolor de cabeza.

De hecho, «dolor» era la palabra que mejor describía lo que sentía, como si un órgano privado de sangre hubiera recuperado la circulación; en su caso, la parte de su cuerpo que había estado en hibernación desde el accidente y que de pronto se había despertado.

Pero todavía no estaba preparada. Lo último que necesitaba era una relación tomentosa y sin vínculos emocionales con Nik Latsis. «¡Me merezco algo mejor!», se dijo, alzando la barbilla.

Una cosa era que la atrajera... Aunque de nuevo la palabra se quedara corta para el tipo de reacción visceral que sentía con solo mirarlo.

Lo importante era que entre ellos no iba a pasar nada porque era imposible, y para no olvidarlo, se pasó la mano por el muslo, anhelando sentir el mismo entumecimiento en sus emociones que en las cicatrices de su piel.

Se cuadró de hombros. De haberse reencontrado con el Nik vulnerable, podría estar en peligro; pero el que tenía delante era un hombre insensible con actitud de depredador, así que estaba a salvo, o tan a salvo como si la acosara un tigre.

Forzó una cínica sonrisa de agradecimiento.

—Espero que no te desvíe demasiado de tu camino, Nik.

Fue Tatiana quien contestó:

—No digas tonterías, Chloe...

—Muy bien. Decidido, entonces.

Nik se adelantó y Chloe y Tatiana caminaron juntas. Al llegar a la puerta, Chloe se dio cuenta, avergonzada, de que no sabía qué acababa de decirle Tatiana.

Tenía que poner freno a aquella actitud de inmediato. Nik era el pasado; no un error, porque en los últimos meses había aprendido que los errores no permitían avanzar. Ella había pasado página y había empezado una nueva.

–Ha dejado de llover –anunció Nik, que había salido antes que ellas. Cerró el paraguas, sonrió de oreja a oreja y saltó sobre un charco.

Chloe combatió el impulso de correr a imitarlo y dejó escapar el aire bruscamente.

–Si prefieres, puedes quedarte –dijo Tatiana.

Su amiga parecía preocupada. Debía de haber apreciado la tensión que la consumía y Chloe confió en que no supiera la causa. Le tentó la oferta, pero aceptarla significaba admitir que temía estar a solas con Nik. Y no era verdad porque no iba a pasar nada entre ellos. Chloe se obligó a sonreír.

–Gracias, pero prefiero volver a casa –alzó la voz para que Nik la oyera–. Me gusta dormir en mi propia cama.

Tatiana asintió y le dio un beso.

–Cuídate... Y conduce con cuidado, Nik –dijo a su hermano, que se despidió con un gesto de la mano.

Chloe caminó junto a Nik. Aunque no la tocara, percibió la tensión que lo dominaba cuando, al oír el sonido de sirenas a lo lejos, se paró en seco. Con la cabeza ladeada y las aletas de la nariz dilatadas, parecía un lobo olfateando el aire. El sonido se alejó y Nik sacudió la cabeza como si quisiera despejarla y dijo:

–He aparcado ahí.

Chloe tardó unos segundos en reponerse de la expresión que había visto reflejada en su rostro.

–¿Estás bien? –preguntó con dulzura.

Nik la miró. Los sonidos de la guerra, las explosiones, los gritos desgarrados, el ruido de las metralletas seguían resonando en sus oídos.

–Lo peor era el silencio entre los bombardeos. Provoca un miedo primitivo... la calma previa a la tempestad –se detuvo y la luz de una farola mostró su rostro alterado, como si acabara de darse cuenta de que había hablado en alto.

El gesto desapareció tan súbitamente como había llegado.

En cualquier otra ocasión su deportivo negro habría despertado un comentario sarcástico de Chloe, pero se limitó a tomar asiento cuando él le abrió la puerta.

Su dolor la había conmovido aunque supiera que, por puro instinto de protección, no podía hacerle hueco en su vida. El recuerdo de la mañana despertando sola mientras intentaba adivinar qué habría sucedido y esperaba que volviera, todavía le hacía estremecer. Y peor aún haberse sentido posteriormente como si le hubieran roto el corazón. Pero, tal y como decía todo el mundo, uno no olvidaba a su primer amante.

–Primero tengo que pasar por la oficina a firmar unos documentos –comentó Nik.

Tener que pasar unos minutos más de lo imprescindible en un espacio tan reducido con él era lo último que quería, pero al menos Nik volvía a sonar normal. Cuando se mostraba vulnerable era aún más peligroso que cuando intentaba provocarla.

–¿A esta hora de la noche? –aunque mantuvo la voz tranquila, el movimiento nervioso de sus manos sobre sus muslos delató su inquietud.

–Supongo que me dejarán entrar –dijo él, recordando aquellas piernas entrelazadas a su cintura mientras él la penetraba.

—Claro —dijo ella. Entonces se dio cuenta de que Nik seguía sus manos con la mirada. Las detuvo y se cruzó de brazos en un gesto defensivo.

Nik la miró a la cara y se distrajo porque Chloe se mordisqueaba el labio inferior y le tentó inclinarse para hacerlo él.

—Escucha, Nik, puede que esta noche... Si has creído que quería... —tragó saliva y se calló. Si no había querido que Nik coqueteara con ella, ¿por qué no le había hablado de las cicatrices que le había dejado el accidente? Habría sido gracioso ver la velocidad a la que se alejaba de ella.

Excepto que no habría tenido la menor gracia.

Se dijo que la actitud de la gente ante sus cicatrices no era su problema, sino el de los demás. Pero era más fácil la teoría que la práctica; y tenía un componente de humillación en el que prefería no pensar.

—¿Qué decías...? —la instó Nik, percibiendo las distintas emociones que pasaban por su rostro.

—No creo que sea una buena idea revivir el pasado. Es mejor recordarlo tal y como fue.

—¿Y yo soy un mal o un buen recuerdo?

—Un poco de todo —admitió Chloe, pensando que había alcanzado las estrellas con él y también había descubierto la más profunda desesperación. Se abrochó el cinturón de seguridad, recordándose que sentir lástima de uno mismo era propio de quien no tenía una vida, y ella la tenía. No estaba dispuesta a perder el tiempo pensando en lo que había perdido; prefería celebrar lo que había ganado.

Nik la observó y la frustración que le tensaba las entrañas se reflejó en los músculos de su barbilla. Como a todo hombre, le gustaban los retos, pero aquello era diferente... Masculló entre dientes a la vez que arrancaba.

—¿Cuánto tiempo llevas en Londres? —preguntó, esforzándose por mantener una conversación normal.

—Empecé la universidad, pero no era buena académicamente.

—¿Dejaste los estudios?

—En realidad, me animaron a dejarlos, pero no me importó porque para entonces había empezado a ganar dinero con el blog. Siempre he sido muy afortunada.

—Y con tendencia a los accidentes —comentó Nik.

—Hubo muertos en ese accidente, así que sí que tuve suerte —replicó ella.

—Deduzco que eres de los que ven el vaso medio lleno.

—Eso espero... —Chloe miró por la ventanilla el edificio de cristal ante el que Nik había detenido el vehículo.

—No tardaré —Nik se inclinó y tomó el teléfono que reposaba en el regazo de Chloe. En pocos segundos se lo devolvió—. He metido mi número. Si pasa cualquier cosa, llámame —dijo con firmeza.

Chloe tardó un instante en darse cuenta de a qué se refería.

—Yo creo que Spiros ha exagerado un poco el peligro que había —aparte de un par de sirenas distantes, no habían encontrado el menor rastro de revueltas.

—Puede que tengas razón —Nik salió del coche y cerró la puerta.

Chloe se acomodó en el asiento, intentando relajar los músculos de la espalda mientras lo veía alejarse con las manos en los bolsillos. Justo antes de que entrara, oyó el «clic» de las puertas del coche cerrándose.

—¡No me lo puedo creer!

Nadie pudo oír su exclamación ni el golpe que dio a la ventanilla. La única persona próxima era el guarda de seguridad que había salido a saludar a Nik y que barría la zona con la mirada de izquierda a derecha.

Cuando Nik reapareció, tres minutos exactos más tarde, los dos hombres se estrecharon la mano e intercambiaron algunas palabras antes de que el guarda volviera al interior y Nik, al coche.

Chloe mantuvo la mirada fija al frente mientras él dejaba unos documentos en el asiento trasero.

—Me has encerrado —dijo ella.

—No quería que robaran mi coche.

Chloe apretó los labios.

—El guarda me ha ignorado.

—Es un exmarine y sabe hacer su deber.

—¿Tienes a muchos exmarines trabajando para ti?

—La transición no siempre es fácil para los hombres que han arriesgado su vida por protegernos. Dave se lanzó sobre una mina y salvó a tres hombres de su escuadrón, pero perdió una pierna.

Sus miradas se encontraron y Chloe percibió algo oscuro en la de Nik que prefirió ignorar. El calor que se había asentado en su interior se avivó, empezando en la parte baja de su pelvis y extendiéndose por el resto de su cuerpo hasta convertirse en una hoguera. El incendio instantáneo la aterrorizó y se dijo que era una advertencia; que, si tuviera un gramo de dignidad, se bajaría del coche en aquel mismo momento.

Le entró pánico.

—Para el coche —se aferró al enfado que le causó que Nik la ignorara para intentar salir del estupor en el que había caído su cerebro—. He dicho que pares el coche —dijo con firmeza.

Nik apartó la vista por un instante de la carretera para mirarla.

—No digas tonterías —replicó en tono irritado.

La única tontería que estaba dispuesta a reconocer era la de haberse subido con él en aquel coche; y no pensaba hacer ni una más.

—Te comportas como si tuviéramos un asunto pendiente, pero no es así. Pasamos una noche juntos, punto. No tengo la menor intención de repetirlo.

—¿Prefieres actuar como si no hubiera pasado?

Chloe contó hasta diez para reprimir un resentimiento que sabía injustificado.

—No actúo como si no hubiera pasado: solo digo que no debería haber pasado. Yo...

—¡Agáchate!

Tanto el tono como la orden de Nik hizo que se le formara un nudo en el estómago.

—¿Qué pasa?

—Haz lo que te digo. Hay una manta detrás; inclínate hacia delante y tápate con ella.

Nik le dio aquella extraña instrucción en un tono firme pero tranquilo, pero, cuando Chloe se inclinó y vio lo que él ya había visto, no sintió la menor calma.

Delante de ellos había una muchedumbre; algunos portaban pancartas y otros, tapas de cubos de basura que entrechocaban ruidosamente.

Nik bajó la ventanilla y el ruido lejano se convirtió en un estruendo.

—Parecen furiosos —Chloe sintió el miedo en la boca del estómago.

—Son una masa —y en la naturaleza del monstruo estaban la rabia y la imprevisibilidad; la mentalidad de la manada podía llevar a un grupo a hacer cosas que jamás habrían soñado en hacer como individuos.

—No me gusta nada —dijo Chloe, mordiéndose de nuevo el labio inferior, un hábito que no lograba desterrar.

—Me preocuparía más que te gustara. Agáchate y tápate con la manta.

De haber estado solo, Nik ni se habría inmutado. No porque fuera valiente o temerario, sino porque había vivido situaciones mucho peores, y en aquel momento, lo peor que podía perder era su coche.

Pero no estaba solo. Y saber que la seguridad de Chloe era responsabilidad suya lo cambiaba todo, y no estaba dispuesto a correr el menor riesgo.

—No pienso esconderme y dejar que te expongas solo —dijo ella, apretando los puños.

—¿Por qué la belleza irá tan a menudo asociada a la estupidez? —Nik suspiró.

La mirada iracunda que Chloe le dedicó a través del espejo le hizo sonreír. Al menos, si estaba enfadada, no tendría miedo.

—Relájate, *agape mou*. No permitiré que te hagan daño.

Chloe le creyó, aunque se dijo que debía estar más preocupada por su salud mental que por su seguridad física. Tomó el brazo de Nik y este deslizó la mirada desde sus dedos hasta sus ojos.

—No vas a hacer ninguna tontería, ¿verdad?

—¿Podrías ser más precisa? —preguntó Nik.

—No pensarás enfrentarte a ellos.

Nik dejó escapar una carcajada.

—¿Yo contra sesenta personas? Me temo que la probabilidad está en mi contra. Espero no desilusionarte como héroe.

—Te prometo que nunca he pensado que lo fueras.

Nik sonrió con una expresión que hizo pensar a Chloe que quienquiera que se enfrentara a él, incluso superándolo en número, tendría que ser alguien con mucho valor.

—Pero sí te creo capaz de cometer una estupidez —añadió.

—Como te he dicho, un buen general elige el campo de batalla adecuado. Aunque no sea ni bueno ni general, creo en ese principio.

—¿Vas a seguir adelante? —preguntó ella con nerviosismo.

Nik había pensado en dar marcha atrás, y al mirar por el espejo retrovisor se dio cuenta de que debía hacerlo al instante. Tras ajustar el retrovisor vio que desde ambos laterales de la calle se aproximaban grupos numerosos hacia la calle principal. Aunque no podía calcular, solo le quedaban algunos segundos para actuar.

—Agárrate fuerte —ordenó.

Chloe lo miró a los ojos e hizo un asombroso descubrimiento.

—Lo estás pasando bien, ¿verdad? —dio un grito y cerró los ojos cuando el coche arrancó a toda velocidad marcha atrás, chocando y pasando por encima de objetos lanzados por los alborotadores.

Algunos de ellos corrieron hacia el coche inicialmente, pero pronto cejaron en su empeño y para cuando Nik y Chloe alcanzaron una barrera de coches de policía, no quedaba rastro de ellos.

—Espera aquí.

Chloe alzó la barbilla y pensó: «Sí, justo es eso lo que voy a hacer». ¿Quién se creía que era, dándole órdenes todo el tiempo? Bajó del coche.

Dos oficiales uniformados avanzaban hacia ellos y Nik se acercó a ellos con aplomo. Para cuando Chloe pudo oír lo que decían, los policías le daban las gracias y le estrechaban la mano.

–Gracias, señor. Si todos los testigos fueran tan precisos como usted, nuestro trabajo sería mucho más fácil.

–Tener más recursos también nos iría bien –dijo el más joven. Y, cuando su colega lo recriminó con la mirada, añadió a la defensiva–: Todo el mundo sabe que nos faltan recursos –entonces vio a Chloe y abrió los ojos como platos.

Antes de que dijera nada, Nik se apresuró a tomarla por el codo para volver hacia el coche.

–No queremos distraerlos, agentes. Gracias. Vamos, Chloe.

–¿Por qué no me has dejado hablar? –preguntó indignada ya dentro del coche.

–Porque no quería que los distrajeras de su trabajo –se limitó a contestar.

–¿Y ahora qué pasa? –preguntó ella con un resoplido.

–Ahora te llevo a casa. La policía me ha dado una ruta segura. Y, antes de que me lo preguntes, el metro está cerrado, así que no vuelvas a pedirme que pare el coche.

El resto del viaje se produjo sin incidentes y en un completo silencio.

En cuanto Nik aparcó delante de su casa, Chloe se desabrochó el cinturón y dijo:

–Muchas gracias.

–Ha sido un placer.

Al ver que Nik hacía ademán de bajar del coche, ella se apresuró a decir:

—No hace falta que me acompañes.

—Pienso llevarte hasta la puerta.

—No van a violarme ni a secuestrarme de aquí a ahí —dijo Chloe, indicando el edificio georgiano con la cabeza. En el pasado había pertenecido a una única familia, pero en el presente estaba dividido en veinte apartamentos. Chloe necesitaba hacer algunas reformas en el suyo, pero no le quedaba dinero después de haber invertido en la compra todo el que había ganado con su blog.

—Con ese aspecto, yo no estaría tan seguro.

—¿Quieres decir que me lo habría buscado? —preguntó Chloe indignada.

Nik resopló.

—Quiero decir que eres una mujer muy hermosa. Eso es un hecho, como lo es que un hombre que abusa de una mujer no es un hombre de verdad —las aletas de su nariz se dilataron—. Y un hombre que excusa el comportamiento de alguien así es igualmente despreciable.

Bajó del coche y lo rodeó para abrirle la puerta. Al bajarse, Chloe ladeó la cabeza y observó su rostro sombrío.

—Te he ofendido —comentó. Y, cuando él enarcó una ceja, añadió—: Lo siento.

Él hizo una leve inclinación y contestó:

—Disculpas aceptadas —un brillo iluminó sus ojos—. ¿Amigos?

Chloe miró la mano que le tendía como si fuera una víbora. Era la primera noticia que tenía de que alguna vez hubieran sido amigos, pero supuso que debía agradecerle que la llevara a casa, así que la aceptó.

Pero, cuando Nik la tomó, no se la estrechó. Y aunque ni siquiera notó que hiciera la menor fuerza para tirar de ella, Chloe se encontró pegada a él.

Nik inclinó la cabeza hacia ella, susurrando:

—Todo es cuestión de destreza y de distracción.

Y la besó apasionadamente. Por una fracción de segundo, la sorpresa dejó a Chloe paralizada; pero, cuando Nik fue a alzar la cabeza, algo prendió en su interior. Chloe lo sintió, incluso pudo oírlo, al atraer su cabeza de nuevo hacia ella y abrir los labios para invitarlo a prolongar y profundizar su sensual exploración.

Nik aceptó al instante, adentrando la lengua en los cálidos recovecos de su boca.

Chloe percibió sonidos guturales, pero no estableció una conexión entre ellos y ella misma. Sus manos se cerraron en la chaqueta de Nik para evitar perder el equilibrio mientras las llamaradas le abrasaban cada terminación nerviosa y sentía un estremecimiento recorriendo el cuerpo firme y musculoso que presionaba el de ella.

«Oh, Dios mío».

El tembloroso aliento que escapó de sus labios rompió el embrujo. El golpe que oyó al volver súbitamente a la tierra fue casi tan real como la humillación que la invadió al alzar la mirada hacia Nik y ver que no parecía afectado en lo más mínimo. Su indignación se incrementó al ver que la miraba como si no hubiera pasado nada... hasta que remitió parcialmente al notar no solo que tenía las mejillas encendidas, sino que respiraba aceleradamente.

Al menos se había distanciado de ella lo bastante como para poder respirar, aunque Chloe no llegaba a poder ver la expresión de su rostro, y casi se alegró porque temía que tuviera el gesto de un hombre satisfecho consigo mismo por haber demostrado que tenía razón. Respiró profundamente.

—No tengo claro qué pretendías conseguir.

—¿Conseguir?

Chloe ignoró la pregunta y continuó:

—Ya sabía que besabas muy bien —el problema era que Nik lo hacía todo bien.

—¿Y cuál es el problema?

Chloe se cruzó de brazos y se los frotó con las manos.

—Disfruté de la noche que compartimos, pero mi actitud hacia el sexo no es tan liberal como la tuya. No te lo tomes como una crítica —se apresuró a añadir—. Cada uno hace lo que quiere.

—¿Has desarrollado una vena puritana?

Chloe le lanzó una mirada encendida.

—Cuando te conocí parecías... dolido... perdido —«¿cuál es tu excusa ahora, Chloe?»—. No lo sé, pero...

—¿Quieres decir que te acostaste conmigo por pena?

—No.

—Entonces, ¿estás buscando una relación más profunda?

El desdén con el que Nik habló enfureció a Chloe, pero intentó que su enfado no permeara su voz.

—En este momento no, pero, cuando esté lista, confío en encontrar un hombre que me quiera por cómo soy y al que le dé lo mismo mi aspecto.

Nik se rio con incredulidad.

—Si eso es lo que quieres, deberías empezar a buscar una pareja de gatos, porque no lo vas a encontrar. ¿Qué tiene de malo ser hermosa? No es una maldición. Muchas mujeres dedican su vida y su fortuna a intentar parecerse a alguien como tú, y jamás lo consiguen. ¿Por qué te tomas como un insulto que te encuentre guapa?

Chloe alzó la barbilla en un gesto desafiante.

–Valgo mucho más que eso; aunque te aseguro que tú no vas a tener la oportunidad de comprobarlo –dijo al tiempo que sacaba la tarjeta-llave de su casa y la ocultaba en la mano.

Miró en la distancia, abriendo los ojos desmesuradamente y exclamó:

–¡Dios mío!

En cuanto Nik dio media vuelta para ver qué la había alarmado, Chloe corrió hasta la puerta, deslizó la tarjeta por la cerradura y entró en el vestíbulo, cerrando la puerta un segundo antes de que Nik la alcanzara.

Chloe presionó el botón del telefonillo.

–Es todo cuestión de destreza y distracción.

Nik no pudo evitar esbozar una sonrisa.

–Creía que nunca te escondías.

Chloe podía no saber demasiado de distracción, pero estaba familiarizada con la probabilidad. Y sabía que, si Nik la besaba de nuevo, si volvía a sentir su sexo endurecido contra su vientre, la dominaría el instinto y la abandonaría el sentido común.

Todo sería maravilloso hasta que él viera esa parte de su cuerpo que había dejado de ser perfecta. Y ella no podría soportar la expresión de asco o de vergüenza que se reflejaría en su rostro.

–No me escondo de ti. Solo me alejo, que no es lo mismo –en cuanto dio media vuelta, rodaron por sus mejillas las lágrimas que había estado conteniendo, y corrió escaleras arriba a la vez que se las secaba con un manotazo de rabia.

¡El sexo por puro sexo no valía la pena!

Capítulo 6

CHLOE volvió a su apartamento a las doce y lo primero que hizo fue darse una ducha. Fue un acto puramente simbólico puesto que sabía que el olor a hospital solo estaba en su mente, ya que a lo único que olía la consulta del médico era a la exclusiva loción para después del afeitado que este usaba.

Con el cabello todavía húmedo y en albornoz, se echó en el sofá y llamó a su hermana, pero saltó el contestador.

Dando un suspiro, metió el teléfono en el bolsillo y fue descalza a la cocina. Su hermana habría estado pendiente de su llamada de haber sabido que tenía una cita médica, pero no se lo había contado a nadie; especialmente a nadie de su familia.

La decisión no era puramente altruista. Sabía que para sus padres sería incomprensible que no se sometiera a más cirugía estética. Y quizá con el tiempo cambiara de opinión. Pero por el momento no podía soportar la idea de someterse a otra operación, especialmente cuando no tenía garantías de que representara una clara mejora. El médico no estaba dispuesto a prometer nada.

Acababa de dar un sorbo de café cuando sonó el teléfono. Contestó con una leve desilusión al ver que no era su hermana.

—Perdona un momento —dijo, cerrando la puerta del frigorífico cuyo pitido le advertía que no la había cerrado—. Hola, Tatiana.

—¿No te va bien hablar ahora?

Chloe se inquietó y frunció el ceño a la vez que apoyaba los codos en la encimera.

—Sí, tranquila. ¿Pasa algo?

Cuando habían hablado por la mañana, Tatiana había sonado contenta y relajada. Le había hecho una invitación, que Chloe había rechazado, para que la acompañara a la propiedad de su familia en la isla griega de Spetses. Pero en aquel momento, sonaba al borde de las lágrimas.

—¿Te acuerdas que te dije que Eugenie iba a pasar una semana de vacaciones con su amiga Pippa en Hampshire?

—Sí. ¿Ha pasado algo? —preguntó Chloe.

Tatiana se rio con amargura.

—Parece que los padres de Pippa son tan listos como para pensar que dos quinceañeras son lo bastante maduras como para quedarse solas.

—¡Dios mío!

—Efectivamente, Dios mío. Las chicas decidieron improvisar una fiesta con algunos amigos. Para resumir, se colaron muchos más, destrozaron la casa y los vecinos llamaron a la policía. Eugenie está en la comisaría de policía local. Los padres de Pippa han decidido que es una mala influencia. ¿Te lo puedes creer? El caso es que mi abuela está enferma y no puedo dejarla sola, y mi hermano no contesta el teléfono y no lo localizo.

—¿Qué quieres que haga?

Tatiana gimió.

—¿Podrías recogerla y llevarla al aeropuerto?

—Por supuesto.

—He tenido que inventarme una excusa para que mis padres manden el avión privado. Para cuando lleguéis ya estará en el aeropuerto.

—No te preocupes, la dejaré sana y salva.

—¿Dejarla? No, Chloe, necesito que viajes con ella a Spetses y que te sientes sobre ella si es preciso. ¡No puedo arriesgarme a que cometa otra locura!

Solo la histeria que percibió en la voz de su amiga impidió a Chloe aclarar a su amiga que era difícil que Eugenie cometiera una locura en un avión camino de Grecia.

—Vale, me sentaré sobre ella.

—Sabía que podía contar contigo. Gracias, Chloe, nunca podré agradecértelo bastante.

De hecho, cuando tomó las llaves del coche, Chloe pensó que el favor se lo hacía Tatiana a ella. De haberse quedado sola, se habría pasado la tarde dándole vueltas a su decisión y preguntándose cómo contárselo a sus padres. Cumplir aquella misión le permitiría distraerse.

Una súbita tormenta se convirtió en una distracción con la que no había contado.

Esperó empapada en la comisaría, observando un póster con la frase: *No seas una víctima*, un mensaje con el que se identificaba plenamente, hasta que Eugenie apareció acompañada por una policía que no parecía mayor que ella.

La niña puso cara de desilusión al ver a Chloe.

—Creía que venía a recogerme el tío Nik.

–Tu madre no ha dado con él –Chloe intentó que no sonara a crítica, aunque intuía que Nik no estaba disponible porque estaría entretenido con una mujer.

«Tú rechazaste su oferta», se recordó. «¿Qué esperabas, que se fuera a ahogar sus penas en cerveza, que insistiera?».

Era evidente que no había hecho ni una cosa ni otra, lo que confirmaba sus sospechas: solo había sido una invitación impulsiva y no le había afectado que lo rechazara. Algo de lo que ella se dijo que debía alegrarse.

–El tío Nik me comprendería. No me sermonearía –dijo Eugenie, mirando a Chloe como si la desafiara a atreverse a hacerlo.

Contradiciendo el dramático comentario de la joven, Chloe mantuvo un tono amistoso y liviano.

–No estoy aquí para darte una lección –replicó–. Solo para llevarte con tu madre.

Eugenie frunció los labios.

–Pues has tardado mucho.

Chloe contó hasta tres y sonrió.

–He decidido tomar el camino más bonito aprovechando que hace un día precioso –dijo, señalando la lluvia en el exterior–. Además, no tenía nada mejor que hacer –sin esperar respuesta, dijo a la policía–: Gracias –y a Eugenie–: ¿Lista?

La niña asintió. Aparte de su actitud arrogante, parecía angustiada y muy pequeña mientras se balanceaba de un pie a otro, y Chloe tuvo que reprimir el impulso de abrazarla. Le echó la chaqueta por los hombros.

–Hace un poco de frío.

Eugenie la miró.

–¿Está mamá muy enfadada? –musitó.

–Me temo que solo soy el chófer –Chloe buscó las palabras cuidadosamente–. No tengo experiencia como madre, pero sí he sido hija y cuando mis padres se enfadaban conmigo solía ser porque estaban preocupados.

–No tiene por qué estar preocupada.

–Lo que tú digas.

–¿No me crees?

–He aparcado cerca –dijo Chloe, decidida a evitar el enfrentamiento.

–El tío Nik me creería; me comprendería.

Chloe apretó los labios para contener su irritación. Claro, el tío Nik, que sin ninguna duda tendría unos hijos preciosos, y que probablemente estaba en el proceso de hacer uno.

Se frotó los brazos a la vez que ahuyentaba aquella imagen. Dondequiera que estuviera, sería un lugar agradable y cálido, mientras que ella estaba calada y trataba de evitar enfrentarse a una adolescente que le hacía sentirse como una anciana.

Justo cuando estaba a punto de decidir que la maternidad era una cruz, su enfurruñada acompañante se detuvo. Chloe se volvió.

–Gracias por venir a por mí –dijo Eugenie con voz temblorosa.

–De nada –Chloe abrió la puerta del coche–. Hoy viajas como una pobre.

–¿Este es tu coche? –preguntó la niña con una cómica cara de espanto. Chloe sospechaba que ser vista en un coche tan viejo le inquietaba más que la ira materna–. ¿A cuánto va? ¿A setenta kilómetros por hora como máximo?

—Con suerte —cuando Chloe había vuelto a ponerse detrás de un volante después del accidente, lo que le había importado era sentirse segura, no la velocidad.

Había tardado tiempo en volver a conducir y su familia se había sentido orgullosa de ella cuando había superado el trauma, pero lo cierto era que seguía teniendo ciertas limitaciones. Nunca les había dicho que a veces todavía le sudaban las manos y se le aceleraba el corazón antes de arrancar.

Con el tiempo, confiaba en alcanzar la plena sanación.

—Creía que pertenecías a la realeza o algo así.

—Algo así —contestó Chloe, riéndose—. Siempre puedes agacharte si ves a alguien que conozcas.

El sonido de un coche que no sonaba ni seguro ni lento hizo que se volviera al tiempo que una limusina con cristales tintados se detenía detrás de ellas.

El rostro de Eugenie se iluminó.

—Es el tío Nik.

Chloe lo había adivinado. Bajó del coche con el corazón acelerado.

—Él me entenderá —el alivio de la niña se evaporó al ver a Nik acercarse con gesto furioso.

Con el ceño fruncido y respirando con fuerza, se detuvo a unos pasos. El viento sacudiéndole el bajo de su abrigo negro le daba el aire de un ángel vengador

—¿Qué demonios pensabas que estabas haciendo?

Al tiempo que la niña se cobijaba en el costado de Chloe, esta se preguntó si Nik sabría que acababa de pasar de héroe a villano en una sola frase.

Nik siguió frunciendo los ojos al fijarse en el brazo que Chloe pasó protectoramente por los hombros de

Eugenie. Con la mandíbula en tensión y una mirada glacial, dijo:

–Gracias por... tu ayuda –la palabra salió como si tuviera que arrancársela de los labios–. Supongo que Tatiana te ha localizado.

Chloe lo miró con gesto retador. Habló como si más que una afirmación, se tratara de una acusación.

Ella se mordió la lengua para no contestarle con una impertinencia. Uno de los dos debía comportarse como un adulto

–Ahora ya estoy yo aquí.

¡Como si pudiera pasar desapercibido! Así que ese era Nik cuando se ponía resolutivo. Chloe no salía de su asombro. El traje de diseño que llevaba no llegaba a ocultar la firmeza del cuerpo que cubría, sino que enfatizaba el poder que irradiaba.

Nik apartó la mirada del sujetador de encaje que cubría los senos de Chloe y que se transparentaba bajó la blusa de seda mojada justo a la vez que ella ponía los ojos en blanco. No podía entender por qué su hermana elegía pedir ayuda a una mujer que no tenía el menor sentido de la responsabilidad. ¡Ni siquiera había salido de casa con una gabardina en medio de una tormenta!

–Sube al coche –ordenó a su sobrina.

–No pienso irme contigo –contestó esta.

Si el ceño de contrariedad de Nik era indicativo de lo que pensaba, estaba claro que solo veía el gesto enfurruñado de Eugenie pero no se daba cuenta de que su actitud retadora era puramente superficial. Y Chloe pensó que no debía de ser su conocimiento de la psicología femenina lo que le ayudaba a conquistar a las mujeres.

—¡Te odio!

Chloe suspiró, sintiéndose obligada a intentar suavizar las cosas.

—Escuchad, es evidente que los dos estáis...

Dos pares de ojos se clavaron en ella con indisimulada animadversión.

Chloe carraspeó e intentó sonreír.

—Puede que ahora...

—¿Ahora qué? —la cortó Nik.

Chloe desvió la mirada, intentando dominar la tendencia de sus ojos a recorrer su impresionante cuerpo, y volvió a carraspear. Tenía que pensar con frialdad y rezar para tener una inspiración. Lo que no necesitaba ni quería era aquella atracción animal, la alucinada química mental que insistía en evocar imágenes de Nik desnudo.

—No creo que ahora sea el momento más adecuado para...

La adolescente le quitó el brazo de sus hombros y, con las manos en las caderas, se enfrentó a su tío diciendo:

—No ha sido culpa mía.

Chloe suspiró, preguntándose para qué se molestaba en intermediar. De haber tenido sentido común, que lo tenía, se habría metido en el coche y los habría dejado allí mismo, pero pensó en Tatiana y en la promesa que le había hecho de cuidar de Eugenie.

Nik temió perder los estribos y respiró profundamente para dominarse.

Había tenido una mañana espantosa. Había desayunado con un hombre que le había enviado la agencia de cazatalentos y en media hora el candidato había cometido todos los errores posibles: había bebido demasiado, había sido indiscreto, criticó a sus colegas de trabajo y habló de política. Luego Nik había vuelto a su despacho y se había encontrado con todos los mensajes que su secretaria temporal había dejado sin contestar.

Pero eso no era nada comparado con la situación del momento, en la que se enfrentaba a una sobrina que parecía odiarlo al tiempo que cuestionaba su autoridad, y a la mujer que no había conseguido sacarse de la cabeza desde que se habían separado, cuarenta y ocho horas antes. Se sentía frustrado y a punto de estallar.

Se había pasado los dos últimos días pensando en cuál sería la mejor manera de seducir a Chloe Summerville. No era algo que se viera en la necesidad de hacer cuando buscaba sexo, que normalmente no era para él más que una urgencia pasajera que necesitaba saciar sin más complicaciones. La atracción mutua siempre estaba presente, pero compararla con lo que había brotado entre Chloe y él sería como comparar una llovizna con un monzón.

Y de lo que estaba seguro era de que la atracción entre ellos era mutua, lo que hacía que el rechazo de Chloe fuera aún más irritante.

No estaba dispuesto a dar a esa atracción un significado más profundo: lo que tenía de especial debía de ser achacable al momento y las circunstancias de su primer encuentro, que habían contribuido a intensificar una química que, inevitablemente, se diluiría.

Si para cuando eso sucediera, también se libraba de sus pesadillas, habría salido ganando en todos los frentes. Conseguir llevarla a su cama solo era cuestión de tiempo. Su intuición no podía estar tan errada, ¿no?

—Sube al coche —repitió a su sobrina, conteniendo su impaciencia a duras penas.

Chloe tomó una decisión. Se colocó entre Nik y la niña y dijo:

—He prometido a Tatiana llevarla yo misma. Eugenie, sube a mi coche.

El ruido de la puerta cerrándose le indicó que la niña la había obedecido. A Chloe le alivió que no la pusiera en ridículo desobedeciéndola.

Nik gruñó. No estaba acostumbrado a que se le llevara la contraria o se le desobedeciera, y la tensión sexual que había entre Chloe y él, se convirtió en pura animadversión. Fue a esquivarla, pero Chloe lo bloqueó, alzando las manos con gesto decidido.

—¿Crees que tienes que proteger a mi sobrina de mí? —preguntó él, entre dientes.

«Más tengo que protegerme a mí», pensó Chloe, despreciándose por notar lo guapísimo que estaba recién afeitado.

—No seas absurdo —dijo intentando sonar calmada—. Pero en una situación como esta...

— ¿Cuántas veces has estado en una situación como esta, lady Chloe?

—Te sorprenderías —replicó Chloe, pero a continuación admitió—: Está bien, nunca me han arrestado, pero no tienes derecho a echarme en cara mis supuestos privilegios.

—Estás enseñando a Eugenie a que se tome esto como una broma.

Chloe lo miró con lástima. Para ser tan inteligente, estaba actuando con una asombrosa torpeza.

—No cree que es una broma. Está aterrorizada. Creo que estás exagerando lo...

—¿Han arrestado a mi sobrina y tú crees que yo exagero?

—Solo ha sido advertida, y de acuerdo a la sargento con la que he hablado...

Al ver que Nik resoplaba con impaciencia, Chloe cambió de estrategia.

—Escucha, Tatiana quiere que hagamos esto lo más discretamente posible. Si quieres, llévate a Eugenie, pero te advierto que las adolescentes tienen cierta tendencia al drama. Y te aseguro que va a convertir tu viaje en una pesadilla.

—¿Hay algún problema?

Chloe se volvió y vio a la policía que la había atendido en la comisaría, mirándolos. O mejor, mirando a Nik boquiabierta.

Chloe carraspeó.

—Ya sabe, agente, uno espera al autobús una hora y luego llegan dos. Este es el tío de Eugenie y estábamos decidiendo qué hacer —se volvió a Nik—. Entonces, ¿te parece bien que yo me la lleve?

Nik no vaciló.

—Fenomenal. Así podemos ponernos al día de camino. Diré a Fred, mi chófer, que nos siga.

Chloe parpadeó atónita.

—¿Quieres que te lleve al aeropuerto? —preguntó con voz aguda a la vez que desviaba la mirada para evitar el brillo malicioso que había visto en sus ojos.

Tomó aire y exhaló lentamente: Nik le había visto el farol y le correspondía a ella aceptarlo. Una hora encerrados en un coche eran solo sesenta minutos, se recordó; pero las matemáticas no la ayudaron a tranquilizarse mientras Nik hablaba con su chófer.

Quizá solo había querido creerlo, pero en los últimos tiempos había tenido la sensación de que ya no estaba tan tensa tras el volante, pero aquel viaje iba a hacerle retroceder varios meses.

Nik no era un copiloto relajado. Chloe podía percibir la tensión que irradiaba a su lado; tal vez no le gustaban las mujeres conductoras, o solo ella. En cualquier caso, no podía estar cómodo con sus largas piernas encogidas para caber en el asiento.

Se lo tenía merecido, pensó Chloe, fijando la mirada en la carretera e ignorando la fragancia sutilmente ácida de su colonia.

La cara que había puesto Chloe cuando se había invitado a ir en su coche había valido la pena, pero en aquel momento Nik se arrepentía de haberlo hecho. Aparte de la incomodidad física: tenía un calambre intermitente en la pierna derecha, se le había quedado el pie dormido... la tortura parecía ir a prolongarse hasta el infinito porque Chloe, al contrario de lo que hubiera intuido por su personalidad, conducía insoportablemente despacio.

Sospechaba que, si le decía algo, frenaría aún más solo para irritarlo, pero, cuando los adelantó una caravana, perdió la batalla contra sí mismo.

—¡Conduces como una vieja!

—Machismo y discriminación por edad en una sola frase. ¡Impresionante!

—¡No has pasado de segunda!

—Disfruta del paisaje. ¿Va a seguirme hasta el final del recorrido? —preguntó Chloe mirando la limusina en el retrovisor.

—Esa es la idea.

—¿Tu chófer también estuvo en el ejército?

La pregunta tomó a Nik por sorpresa.

—¿Por qué lo preguntas?

Chloe se encogió de hombros.

—Por su aspecto duro... ya sabes, como si pudiera parar una bala entre los dientes.

Nik sonrió pensando que a Fred le gustaría esa descripción.

—Es un veterano.

—Empleas a muchos.

—No se trata de una obra de caridad –dijo Nik, como si ser caritativo fuera un insulto–. Empleo a gente en la que puedo confiar.

—¿Lo echas de menos? –Chloe se mordió el labio inferior–. Perdona, no quería hacerte recordar... nada.

—Así que Ana te lo ha contado.

—Solo ha mencionado lo que hacías.

—Tranquila, no me has recordado nada. Uno jamás olvida la pérdida de un amigo –«ni se la perdona», se dijo Nik, sintiendo al instante el acostumbrado sentimiento de culpabilidad.

Chloe miró de nuevo en el espejo. Eugenie escuchaba música con los ojos cerrados.

—Claro, discúlpame –dijo Chloe, e hizo una mueca. Resultaba una respuesta de lo más inadecuada.

Se llevó una mano a la base de la garganta, donde podía sentir el latido de su corazón. Nik siguió el gesto con la mirada y la súbita sacudida de deseo que lo invadió avivó su enfado.

—Si Ana te ha reclutado para su causa, olvídalo.

—¿Qué causa? –Chloe podía sentir la mirada de suspicacia con la que Nik la observaba.

—Da lo mismo –dijo él tras una pausa–. Mi hermana es obsesivamente protectora y cree fervientemente en las bondades de hablar las cosas.

Chloe entendió entonces a qué se refería.

—Ah, quiere que hables con alguien de... lo sucedido —y para un hombre orgulloso, acostumbrado a
tener el control, eso debía de ser anatema. Deseó a
Tatiana buena suerte, pero no la envidiaba si pretendía
convencer a su hermano superalfa de que hablar de
sentimientos no era una debilidad.

Nik sonrió con cinismo.

—Lo has expresado muy delicadamente —dijo con
sorna—. Pero yo no quiero olvidar.

—La terapia no consiste en olvidar, sino en vivir
con el recuerdo.

—¿Qué sabrás tú de eso?

—En nuestros centros la terapia es una parte intrínseca al proceso de recuperación.

—Una parte intrínseca a mi proceso de recuperación es un vaso de whisky y una noche de se...

—¡Nik! —Chloe indicó con la cabeza a su sobrina.

Esta empezó a tararear, manteniendo los ojos cerrados. El sonido rompió el súbito silencio que se
había producido en la parte de delante del coche.

—Va a estar sorda antes de que cumpla veinte años.
No sé por qué Ana le deja usar esos aparatos —masculló Nik.

—Puede que cuando seas padre seas menos severo.

—Ana es una madre fantástica —admitió Nik.

A Chloe le sorprendió percibir admiración en su
tono. Y más aún le sorprendió que añadiera:

—Ian también es un buen padre.

—No lo conozco.

—Es un gran tipo y hacían una gran pareja. Si ellos
no consiguieron que funcionara, no sé por qué otros
se molestan en intentarlo.

—¿Tal vez por amor?

Nik se rio con una amargura que no dejó resquicio a la duda sobre lo que pensaba del amor.

Por algún extraño motivo, el sonido hizo recordar a Chloe otra risa, dulce en lugar de severa, una risa que había oído cuando su lengua rodeaba el endurecido pezón de Nik y él enredaba los dedos en su cabello, dejando caer su cuerpo caliente junto a ella y colocándola sobre sí... Después de un minuto, una hora, una vida más tarde, puesto que el tiempo había perdido todo significado, aquella risa había vuelto a estallar al tiempo que la hacía rodar sobre su espalda, le sujetaba las manos por encima de la cabeza con una de las suyas y deslizaba la otra entre sus piernas...

–Ten cuidado, has estado a punto de alcanzar los ochenta kilómetros por hora.

La voz de Nik la devolvió bruscamente al presente y decidió actuar como si el calor que irradiaba de su parte más íntima y que amenazaba con hacerla estallar en sudor le estuviera pasando a otra persona.

–Estoy intentando concentrarme –replicó. Y se alegró de ver que Eugenie estaba distraída escribiendo un mensaje.

Al ver que asía el volante con tanta fuerza que tenía los nudillos blancos, Nik preguntó:

–¿Te quedan pocos puntos en el carné o algo así?

–Algo así –dijo ella.

Nik miró por el espejo retrovisor.

–Está escribiendo otra vez.

–No te relacionas con muchos adolescentes, ¿no?

–No. Se ve que hoy es un día de nuevas experiencias. ¿Por qué conduces este viejo trasto?

–Porque es muy seguro.

—También lo es mi cortacésped y no voy a trabajar en él.

—Siempre puedes hacer dedo y que te recoja tu chófer.

—Me pones entre la espada y la pared. Fred tiene un gusto espantoso en música, pero, si sigo aquí, dudo que pueda volver a caminar —protestó Nik, intentando estirar las piernas.

Al percibir el gesto, Chloe sonrió para sí, aunque se sintió culpable al instante y se preguntó si no debía haber dejado que fuera él quien llevara a Eugenie; después de todo, era su tío.

¿Se había equivocado?

Lo lógico habría sido consultar a Tatiana, pero ese pensamiento se evaporó de su mente al sentir un súbito dolor que le hizo apretar los dientes. Intentando no apartar la mirada de la carretera, especialmente después de haber visto una señal que indicaba una serie de curvas peligrosas, tiró de la cabeza hacia un lado para intentar soltar el pendiente que se le había enredado en el cabello, pero con el tirón solo consiguió hacerse daño y que se le humedecieran los ojos.

—Deja que te ayude...

—¡Estoy bien! —exclamó Chloe sin conseguir dominar el pánico que tiñó su voz.

En ese momento los dedos de Nik le rozaron el cuello y sintió el deseo apretarse como un puño en su pelvis.

—Estas cosas son letales —dijo él, levantándole le cabello para liberarlo de la joya.

Parte de la incomodidad se relajó y Chloe miró fijamente al frente. Que se le desgarrara el lóbulo de la oreja hubiera sido menos perturbador que el calor que sintió al notar el cálido aliento de Nik en la mejilla.

—Son piezas únicas, hechas a mano por un joyero amigo mío... —explicó apresuradamente en busca de una distracción.

Recordó haber leído en alguna parte que las orejas tenían numerosas terminaciones nerviosas, y todas las suyas acababan de despertar en aquel momento.

Nik frunció el ceño.

—Te está sangrando el lóbulo. Tu umbral de dolor debe de ser muy alto.

La mente de Chloe invocó una imagen de sí misma en el hospital, apretando repetidamente el botón para aliviar el dolor que había sujetado durante semanas entre los dedos.

—No te creas —dijo, recordando la sensación de flotación que seguía a la presión del botón. Aunque el dolor persistía, se convertía en algo distante, ajeno.

Percibió que Nik la miraba fijamente.

—Cuando me hicieron los agujeros me desmayé, aunque puede que fuera por... ¡Ay, ten cuidado!

—Perdona, estoy a punto de conseguirlo...

A punto no era lo bastante pronto. Tenía la sensación de que Nik tardaba una eternidad en soltar el pendiente. Su alivio fue tal cuando soltó una exclamación triunfal y se reclinó en su asiento que habría dado un golpe de alegría al volante de no haber tenido las manos prácticamente pegadas a él. Se conformó con suspirar profundamente.

—¡Qué bonitos! —Eugenie se había quitado los auriculares y tomó de la mano de su tío el pendiente en espiral—. ¿De dónde los has sacado? Me encantaría tener un par.

—Los hace un amigo mío.

La niña preguntó con curiosidad:

—¿Un novio?

Consciente de que Nik había inclinado la cabeza y se frotaba el puente de la nariz, Chloe sacudió la cabeza.

—No, solo un amigo —miró de soslayo a Nik—. ¿Te duele la cabeza? En la guantera debe de haber algún analgésico y una botella de agua...

—Estoy bien —Nik dejó caer la mano y exhaló lentamente. Los dolores lo asaltaban súbitamente, pero nunca tomaba ninguna medicina. El dolor era una forma de expiación.

—El tío Nik nunca está enfermo. Está hecho a prueba de bala, literalmente —dijo la niña con auténtica admiración—. Nunca sufrió el más mínimo rasguño mientras estuvo en zonas de guerra —continuó animadamente, al tiempo que se ponía el pendiente y se miraba en el espejo—. Mamá dice que lo único que tiene es el sentimiento de culpabilidad del superviviente —se detuvo bruscamente—. Bueno, o creo haberle oído decir algo así.

Chloe no podía ver la cara de Nik, pero percibió la tensión que irradiaba.

En ese momento se oyó vibrar un teléfono prolongadamente.

—No es el mío —dijo Chloe.

Nik masculló algo. Su teléfono se había caído entre los dos asientos. Sin abrir los ojos, alargó el brazo para buscarlo. Chloe protestó cuando la golpeó con el codo.

—Perdona —dijo él, y siguió rebuscando hasta que lo localizó al tacto—. Es tu madre —dijo a Eugenie después de leer el mensaje y antes de decirle a Chloe—: Dice que no me preocupe, que ya lo ha arreglado para que otra persona la recoja... Está claro que estás al mando.

Avergonzada, Chloe negó con la cabeza.

—Tú eres el tío de Eugenie.

—Mi hermana debe de confiar en ti ciegamente. A mí me va a costar que me perdone.

—Seguro que te comprende.

Nik se rio con escepticismo.

—¿Por qué iba a hacerlo?

—Porque es tu hermana. De todas formas, ¿dónde estabas? Ya sé que no tengo derecho a preguntártelo...

—Mi secretaria tiene fiebre y su sustituta no me había cargado el teléfono —Louise siempre se ocupaba de hacerlo—. Y, cuando le dije que no quería ser molestado, asumí que se daría cuenta de que eso no incluía una llamada de emergencia de mi familia. Cuando le he preguntado por qué no me había pasado las llamadas de Ana, se ha echado a llorar.

—Pobre, debes de darle miedo.

Nik resopló con desdén.

—Si es así, se alegrará de trabajar en otro sitio.

—¡No la habrás despedido!

—Eso es lo que habría hecho mi padre; yo soy mucho más tolerante y me he limitado a devolverla al departamento del que venía.

—Te da miedo que se sepa que tienes corazón —dijo Chloe. Esperando que el comentario lo molestara, se volvió a mirarlo, pero en la expresión de su rostro no había atisbo de enfado.

Volvió rápidamente la vista al frente, aunque no a tiempo de evitar que el anhelo que había visto brillar en sus ojos prendiera una llama en su vientre.

Nik lanzó una mirada furtiva hacia atrás antes de anunciar en voz baja:

—Tengo un corazón y estoy ansioso por demostrártelo.

—No es tu corazón lo que me estás ofreciendo.

—Todas las partes de mi anatomía están a tu disposición.

Chloe se estremeció.

—No pienso hablar de esto ahora.

—Muy bien. Lo dejaremos para más tarde.

Un silbido de frustración escapó de entre los dientes apretados de Chloe.

—Chloe... —Chloe se sobresaltó al oír la voz que le llegó del asiento trasero—. ¿Vives en un castillo?

—Mi hermana sí. Pero la casa de mis padres es más bien una casa fortificada.

—La gente normal no vive en castillos.

—La gente normal no tiene que hacer turnos para ducharse para que no se acabe el agua caliente. Te aseguro que no somos ni la mitad de glamurosos de lo que puede parecer. De hecho, somos un poco anticuados. No pedí una pizza hasta que llegué a la universidad.

—¿De verdad? —preguntó Eugenie atónita.

—Toma la siguiente salida —dijo Nik de repente al ver que entraban en una rotonda—. Acabas de saltártela —dijo con aire de resignación.

—Las rotondas están hechas para dar vueltas.

Y tras hacer ese comentario de una aplastante lógica, Chloe inició la tercera.

Capítulo 7

PASARON el control del aeropuerto privado sin el menor contratiempo. Una vez dentro del avión, un auxiliar de vuelo quiso hablar en privado con Nik mientras Chloe y Eugenie se acomodaban en sus asientos.

La conversación, en griego, fue breve.

–Voy a volar en la cabina –dijo Nik.

–¿Puedo ir yo también? –preguntó Eugenie.

–Estás castigada, o supongo que vas a estarlo, peque –Nik terminó la amonestación con un cariñoso toque en la nariz de su sobrina, y fue a la cabina.

–Voy a sacarme la licencia de piloto en cuanto pueda. El tío Nik se sacó la suya a los diecisiete años.

Chloe se preguntó si eso significaba que iba a pilotar el avión, tensándose levemente cuando empezaron a avanzar por la pista. Volar no era un problema, pero el despegue y el aterrizaje siempre hacían que se le formara un nudo en el estómago.

Ya en el aire, aceptó la invitación de un té, pero no quiso comer. Eugenie, que parecía recuperada de su conflicto con la ley, devoró un sándwich. Cuando terminó, suspiró con placer.

–¿Cuánto se tarda en llegar al aeropuerto de Spetses? –preguntó Chloe.

—En Spetses no hay aeropuerto. Aterrizaremos en el continente y desde allí iremos en helicóptero.

Chloe se preguntó si no se habría equivocado al insistir en ser ella quien acompañara a Eugenie. Organizar el viaje de vuelta iba a ser más complicado de lo que había supuesto.

Durante el vuelo en helicóptero, Eugenie actuó de guía para Chloe, de manera que para cuando aterrizaron esta tenía la sensación de estar bien informada sobre Spetses y su aristocrático patrimonio, su importante papel en las guerras napoleónicas y su prolongada asociación con la marina.

Mientras Chloe era instruida, Nik iba sentado al lado del piloto. Era evidente que los dos hombres eran viejos conocidos y Nik, en mangas de camisa y con el cabello despeinado, tenía un aire relajado muy diferente al que Chloe recordaba haber percibido en él cuando lo conoció. O desde que había vuelto a verlo...

Un teléfono sonó en medio del ensordecedor ruido del motor.

—Es mamá. Quiere hablar contigo —dijo Eugenie, pasándoselo.

Chloe lo tomó y, elevando la voz, saludó:

—Hola.

—No sé cómo agradecerte lo que has hecho, Chloe.

—No tienes nada que agradecer.

—¿Qué tal está?

—Bien —Chloe alzó el pulgar hacia la adolescente, que la observaba con expresión angustiada—. Me ha contado la historia de Spetses. ¿Sabías que fue fundamental durante la Guerra de Independencia? —Tatiana

se rio y volvió a darle las gracias y Chloe siguió—: Eugenie no ha sido ningún problema. ¡Así ensayo para
cuando tenga hijos! —tuvo que repetirlo, elevando aún
más el tono para que Tatiana la oyera.

Cuando colgó, se dio cuenta de que Nik estaba de
pie, a su lado. Al instante supo que había oído la conversación.

—¿Piensas ponerte a ello pronto?

Prefiriendo creer que, si actuaba como si no lo no-
tara, tampoco Nik percibiría que se sonrojaba, consiguió reírse y contestar:

—Mi reloj biológico todavía no se ha puesto en
marcha.

Él sonrió con picardía.

—Solo venía a deciros que aterrizaremos en cinco
minutos —informó. Y volvió a su asiento.

Cuando se fue, Chloe cerró los ojos y reprimió un
gemido a la vez que se llevaba la mano al pecho,
donde su corazón latía aceleradamente.

Era humillante... insoportable. ¿Por qué reaccionaba de aquella manera? ¿Qué tenía Nik para despertar en ella tal anhelo, tal ávido deseo? Al recordar que
había visto ese mismo sentimiento reflejado en la mirada de Nik su corazón golpeó con más fuerza su pecho.

Intentando recuperar la calma, se dijo que tenía
maneras de detener las insinuaciones de Nik y la tentación que representaba. Había una manera definitiva,
un método que le garantizaría al cien por cien que Nik
perdiera el interés por ella. Bastaría con mencionar
que tenía unas espantosas cicatrices y que siempre las
tendría.

Nik la recordaba perfecta. Tomó aire y alzó la barbilla con una sonrisa melancólica en los labios. Lo había sido y no lo había valorado. Uno tendía a apreciar las cosas una vez que las había perdido.

La sonrisa se borró de sus labios al mismo tiempo que su tristeza en cuanto se recordó que había sido afortunada y que se conformaba con saber que algún día encontraría al hombre adecuado; un hombre que, aunque no despertara en ella aquel tipo de deseo desmedido, le proporcionaría todo aquello que importaba en una relación y que era mucho más profundo que el sexo.

Tener las dos cosas sería maravilloso, pero ella era realista y sabía que poca gente lo conseguía.

Cuando bajaron del helicóptero, Chloe dijo:

—Si no te importa, me quedaré un rato para entregar a Eugenie personalmente a Tatiana.

Los labios de Nik se curvaron en una enigmática sonrisa antes de que contestara:

—Un coche nos estará esperando. Por aquí —hizo un gesto para que Chloe lo precediera.

El coche en cuestión era otro monstruo enorme y brillante, y cuando ya estaban cerca, saltó de él una versión griega de Fred.

Nik habló con él en griego y luego el chófer rodeó el coche para abrir la puerta trasera, pero antes de que lo hiciera un todoterreno descapotado llegó a toda velocidad y frenó a su lado.

Chloe retrocedió para evitar la nube de polvo que había levantado. Antes de que se posara, saltó de él Tatiana.

Chloe percibió la tensión que invadía a Eugenie antes de que, con gesto desafiante, empezara:

—Antes de que me digas...

—¿Cómo has podido hacer esto? —la interrumpió su madre.

—Yo... —sin previo aviso la niña empezó a llorar desconsoladamente. Al segundo siguiente, estaba en brazos de su madre y esta la tranquilizaba.

Apoyando la barbilla en la cabeza de su hija, Tatiana miró a Chloe con ojos brillantes y dijo:

—Muchísimas gracias, Chloe.

—No hay de qué.

Ver a Chloe sonarse la nariz y contener las lágrimas ante la escena, conmovió a Nik, pero optó por el sarcasmo.

—No vas a echarte a llorar tú también, ¿verdad?

—¡No estoy llorando! —replicó Chloe, sonándose con fuerza.

—¿Te importa ir en el coche con Nik? —preguntó Tatiana, mirando a su hermano por primera vez—. Quiero hablar a solas con Eugenie —dijo, besando la cabeza de su hija.

A Chloe sí le importaba. Forzó una sonrisa y sacudió la cabeza.

—Casi prefiero esperar aquí a poder volar de vuelta.

Tatiana la miró desconcertada.

—No pensarás que te voy a dejar volver inmediatamente, ¿verdad? Ni hablar, vas a ser nuestra invitada tanto tiempo como quieras.

—No me es posible —Chloe intentó hablar con firmeza, pero solo sonó cansada.

—Puede que Chloe tenga cosas que hacer —dijo Nik, aunque lo que pensó con amargura era que quizá tenía alguien a quien ver.

—No puedes volver ahora mismo —replicó Tatiana.

—A no ser que le crezcan alas —apuntó Nik, sarcástico.

Pasó a hablar en griego y comentó algo a Tatiana, que asintió con la cabeza antes de decir:

—Hecho. Al menos te quedas aquí esta noche... Quiero darte las gracias como te mereces.

—Pero tu abuela no se encuentra bien —comentó Chloe, buscando desesperadamente una excusa para rechazar la invitación.

—Está mucho mejor.

—La abuela es muy fuerte —apuntó Nik. Y en su voz se apreció el afecto que sentía por ella.

«Eso también les pasa a muchos asesinos en serie», se dijo Chloe, que no quería que su antagonismo hacia él disminuyera un ápice. Una cosa era que despertara su deseo, y otra mucho más grave, que le gustara como persona.

—Fenomenal. Nos seguís —anunció Tatiana, dándolo por hecho.

Chloe estaba segura de no haber accedido, pero era evidente que no tenía sentido negar nada a la familia Latsis. Aun así, fue a protestar, pero Tatiana estaba indicando a Eugenie que metiera su maleta en el todoterreno y luego añadió:

—Nik, podrías llevar a Chloe por la carretera de la costa y enseñarle... ¡Oh, no! —Tatiana miró más allá de Nik y su mirada pasó de la animación al desmayo—. ¡Sube al coche! —ordenó a su hija. Y en tono alarmado dijo algo en griego a Nik. Entonces saltó al vehículo y añadió—. Lo siento, Nik, pero no quiero que Eugenie esté presente.

Nik, que había seguido la mirada de su hermana, asintió con la cabeza.

–Marchaos. Chloe, sube al coche.

Tatiana ya había arrancado el motor y Chloe se volvió para ver qué había precipitado la marcha de su amiga.

Una mujer se aproximaba hacia ellos, tambaleante; parecía ebria.

–Te he dicho que... –dijo Nik a Chloe sin mirarla y con una creciente tensión que se evidenciaba en su lenguaje corporal.

–Te he oído. Eso no significa que tenga que obedecerte –dijo ella con calma.

Nik se volvió con una mirada que refulgía de impaciencia y masculló:

–No estoy para este tipo de tonterías.

La mujer estaba ya lo bastante próxima como para que Chloe confirmara que había bebido, pues podía olerse el alcohol a metros de distancia. Nik se cuadró de hombros y la esperó con gesto resignado.

–Hola, Helena –la saludó.

La mujer debía de ser bonita cuando se acordaba de cepillarse el cabello y no tenía los ojos y las mejillas manchados con chorretes de rímel por culpa del llanto.

De su garganta escapó una mezcla entre sollozo y jadeo cuando pasó de largo junto a Chloe y fue directa hacia Nik con los ojos inyectados en sangre.

–Me despierto cada mañana deseando que te mueras –farfulló–. ¡Ojalá yo estuviera muerta!

El veneno y la desesperación que tenía su tono hizo que Chloe sintiera un escalofrío, mientras que Nik la miraba impertérrito. Lo más desconcertante era que en lugar de enfadado, pareciera... triste, compasivo, incluso daba la sensación de sentirse culpable.

–Lo siento muchísimo –dijo él finalmente.

La mujer frunció el rostro y luego lanzó un grito de dolor al tiempo que alzaba el brazo y le daba un puñetazo en la mejilla. Chloe contuvo el aliento, pero Nik permaneció inmóvil mientras la mujer descargaba sobre su pecho una sucesión de débiles golpes.

–¡No! –Chloe no fue consciente ni de expresar su protesta en alto ni de haberse acercado hacia ellos hasta que Nik le indicó, negando con la cabeza, que no se entrometiera.

La sacudida de cabeza de Nik coincidió con la pérdida de energía de la mujer, que dejó caer la cabeza en su pecho a la vez que lloraba con un doloroso desconsuelo.

Tras un instante, Nik alzó la mano tentativamente y empezó a acariciarle el cabello con delicadeza.

–Yo me la llevo.

Chloe estaba tan concentrada en la escena que tenía ante sus ojos que no había visto a un hombre aproximarse con gesto consternado.

–Vamos, cariño –añadió–. No sabía dónde estabas.

La mujer alzó la cabeza al oír su voz.

–¡Este canalla debería estar muerto!

La ausencia de toda reacción en Nik podría haber hecho pensar que ya lo estaba. Su rostro parecía tallado en piedra. El hombre tomó por los hombros a la mujer, que hizo pensar a Chloe en una marioneta a la que le hubieran cortado las cuerdas.

–Lo siento –dijo a Nik–. Sabes que no habla en serio; ni siquiera sabe qué dice –la mujer siguió sollozando y se cobijó en su costado.

El hombre deslizó la mirada desde la mujer a Nik con una expresión que hizo que a Chloe se le formara un nudo en la garganta.

–No todos los días son tan malos, pero hoy está siendo particularmente difícil.

Nik asintió como un autómata.

–Lleva bebiendo toda la mañana. Pensé que estar en familia le sentaría bien, pero me he equivocado –el hombre sacudió la cabeza apesadumbrado–. He parado a poner gasolina y ha debido de verte... No tenía ni idea de que estuvieras aquí.

–Ha sido una visita improvisada. ¿Puedo hacer... algo?

Al oír eso, la mujer alzó la cabeza.

–¿No has hecho ya suficiente? –farfulló antes de apoyar la cabeza en el hombre, al tiempo que este daba media vuelta y se la llevaba consigo.

Nik los siguió con la mirada antes de volverse hacia Chloe. Se había relajado parcialmente, pero las líneas de tensión seguían marcadas en sus labios y en sus ojos.

–¿Has visto suficiente?

Chloe se sobresaltó, pero no reaccionó a la soterrada acusación, tan agresiva como injusta, de que hubiera podido derivar algún placer de la escena de la que acababa de ser testigo.

–¿Estás bien? –preguntó. Y no se sorprendió cuando él le dedicó una mirada de irritación.

Apretando los dientes, Nik dio media vuelta. Ni quería ni creía merecerse la simpatía de Chloe.

«¿Estás bien?», le había preguntado Chloe. Desde luego que estaba mejor que el hombre que, de haber vivido, habría cumplido treinta y cinco años aquel mismo día. Pudo ver la cara de Charlie sonriendo a la vez que terminaba uno de sus espantosos chistes; de Charlie con expresión de culpabilidad cuando le había dicho que aquel sería su último trabajo juntos porque iba a casarse con Helena.

También recordó lo satisfecho de sí mismo que se había sentido él al chantajearlo emocionalmente para que hiciera todavía un trabajo más con él, aunque no hubiera conseguido convencerlo de que nunca sería capaz de vivir sin aquella inyección de adrenalina.

«Uno sabe cuándo ha llegado el momento de dejarlo», había dicho Charlie.

Capítulo 8

CHLOE se quedó parada mientras Nik se sentaba al lado del chófer. Dando un resoplido, pensó, por primera vez en su vida, que querría que alguien le dijera qué debía hacer.

Todavía estaba afectada por la escena que acababa de presenciar; no se podía ni imaginar qué sentía Nik y estaba segura de que no pensaba decírselo.

Finalmente, entró en el coche.

El viaje transcurrió en un silencio total. En un par de ocasiones, Chloe carraspeó para preguntar cuánto tardarían en llegar a su destino, pero se acobardó en el último momento. Al cabo de un rato, Nik dijo algo en griego al conductor.

El chófer asintió y detuvo el coche en el arcén. Apenas había frenado cuando Nik saltó de él y, dejando la puerta abierta, trepó el terraplén que quedaba en el lateral y desapareció al otro lado.

Chloe se preguntó si seguirlo o esperarlo. Intercambió una mirada con el chófer en el espejo retrovisor y este se encogió de hombros.

—Voy a estirar las piernas —dijo ella sin saber si la entendía o si trataría de impedírselo.

No lo hizo.

Chloe empezó a subir la empinada loma, haciendo rodar piedras y ahuyentando a pequeñas criaturas a su paso. Llevaba unos pantalones de lino anchos que le protegían las piernas de la afilada y seca hierba y de las zarzas, pero le dolían los gemelos. La inclinación era aún mayor de lo que había calculado.

Aunque había perdido la noción de qué hora era, el sol estaba en lo alto de un cielo azul completamente despejado. Hacía mucho calor y el sudor empezó a correrle por la espalda. Deteniéndose a descansar, se volvió para asegurarse de que no había perdido de vista el coche. Lo último que necesitaba era perderse.

Se pasó la lengua por los labios; estaban secos y tenía sed. Entonces pudo oír un rumor constante por encima del suave zumbido de las abejas que sacudían las matas de tomillo impregnando el aire con su dulce fragancia. Cerró los ojos y aspiró.

«¿Qué estás haciendo?», se preguntó. «¿Qué piensas hacer si lo encuentras? Nik no necesita un hombro sobre el que llorar. Como un animal herido, se ha alejado para lamerse las heridas; quiere estar solo».

Exhaló bruscamente. Empezaba a arrepentirse de su decisión y no sabía si continuar o volver al coche, pero dio los últimos pasos que le quedaban para coronar la cumbre. Al hacerlo, su esfuerzo se vio recompensado por un paisaje que la dejó sin aliento. Al otro lado, la tierra descendía suavemente hacia una bahía en forma de herradura, limitada por unas formaciones rocosas. Franjas de cantos rodados y arena plateada llevaban hasta el agua. Más allá de las olas que rompían en una espuma blanca en la orilla, el azul del mar se hacía más intenso, adquiriendo tonalidades turquesas y fundiéndose con el cielo.

La vista era tan inesperada y hermosa que Chloe se quedó paralizada observándola, pero aquel instante de paz espiritual se hizo pedazos cuando sus ojos atisbaron una figura en las rocas más lejanas. Nik estaba de pie, su figura recortada a contraluz sobre el mar azul. Sin pararse a reflexionar, Chloe trotó hacia él.

Una vez llegó a la arena, se quitó los zapatos y continuó más pausadamente, balanceándolos en los dedos de la mano derecha, mientras esquivaba las piedras que salpicaban la arena. A medida que se aproximaba a la orilla podía sentir la brisa cálida, pero lo bastante refrescante como para que fuera un placer sentirla en el rostro. Se detuvo a unos metros de Nik, sin saber qué hacer. Un instinto ciego la había llevado hasta allí y, de haber tenido el más mínimo sentido común, la habría hecho retroceder.

Pero ella nunca se había regido por el sentido común.

—¡Qué preciosidad!

Como no reaccionó, Chloe dedujo que a Nik su presencia no lo tomaba por sorpresa.

Dio unos pasos hacia él y añadió:

—Tranquilo, no voy a preguntarte si estás bien.

—¿Vas a pasar a lo de «probablemente te lo mereces»? —contestó él con amargura, pensando que, si era así, Chloe estaba en lo cierto.

Con las manos en los bolsillos, permaneció mirando al horizonte mientras intentaba recordar cómo era la vida antes de cargar sobre los hombros con el peso de la culpabilidad.

Se giró hacia Chloe y un golpe de aire le arremolinó el cabello.

Cuando sus miradas se encontraron, Chloe fue súbitamente consciente de que su expresión era idéntica a la de la primera vez que lo había visto, taciturna y torturada. Al instante sintió que se le encogía el corazón.

La expresión que vio en el rostro de Chloe hirió su orgullo. No quería que se preocupara por él. No se merecía su preocupación ni la de nadie.

—No, no creo que te lo tengas merecido.

La primera impresión de Chloe había sido que se trataba de una examante a la que Nik había engañado, pero en pocos segundos fue consciente de estar viendo algo mucho más complicado.

Una expresión que no pudo interpretar atravesó el rostro de Nik.

—Yo creo que sí —dijo Nik, lanzándole las palabras como dardos.

—Debes de haber hecho algo verdaderamente malo —dijo ella con calma.

Un sentimiento de profundo desprecio hacia sí mismo recorrió el rostro de Nik como un incendio. Con el pecho agitado, pudo oír un rugido ensordecedor dentro de su cráneo, antes de que el sentimiento que llevaba años encerrado en su interior terminara por explotar.

—Maté a un hombre, a mi mejor amigo.

—Lo siento.

Nik alzó la cabeza como impulsado por un resorte.

—¿Lo siento?» —repitió a la vez que iba hacia ella pausadamente.

Aunque se suponía que la confesión resultaba liberadora, no se sentía ni mejor ni más limpio; estaba furioso consigo mismo por perder el control, especialmente delante de la última persona que quería que viera... ¿el qué? Esa pregunta hizo que se parara en seco a unos centímetros de ella; tan cerca que Chloe cerró los ojos para bloquear la seductora imagen que Nik presentaba. Podía sentir el calor de su cuerpo, pero eso no era nada comparado con la rabia y la frustración que irradiaba de él y que cargaba el aire hasta hacerse prácticamente tangible.

Nik se pasó la mano bruscamente por la frente mientras escrutaba el rostro de Chloe.

—¿Has oído lo que acabo de decir?

—Has dicho que has matado a tu mejor amigo. Pero la gente que comete un crimen va a la cárcel y tú estás libre. Así que...

Nik la interrumpió:

—Él está muerto —hundió los hombros, abatido—. Yo estoy aquí.

El tono de desolación en el que se expresó hizo que un nudo atenazara la garganta de Chloe. Mirándolo a través de sus pestañas para ocultar la avalancha de emociones que la embargaban, dijo:

—Lo sé. No estoy ni sorda ni ciega.

Nik detuvo la mano que se estaba pasando por el cabello y por enésima vez en diez minutos se preguntó por qué, si iba a tener una crisis, debía tenerla delante de una mujer que no parecía tener la más mínima noción de lo que eran los límites personales.

—¡No soy uno de tus proyectos de caridad! —dijo con desdén sintiéndose herido en lo más profundo de su orgullo masculino.

Desconcertada por el ataque, Chloe se limitó a parpadear.

—¿Te has planteado alguna vez que la gente que se entrega tanto a las buenas causas busca algo de lo que carece en sus vidas? —añadió Nik.

El impertinente comentario enfureció a Chloe.

—Supongo que te refieres a que necesito un hombre. ¿Por qué los hombres asumen que son imprescindibles para que una mujer se sienta realizada? Si me faltara algo en la vida, me haría con un perro. Son mucho más leales.

Nik permaneció en un tenso silencio antes de decir en tono reflexivo:

—Está claro que he tocado un nervio.

Chloe se dio cuenta de que pretendía desplazar el foco de sí mismo a ella.

—Tu amigo está muerto y lo siento. Puede que te sientas responsable y que lo seas en cierta medida, pero de lo que estoy segura es de que no has matado a nadie.

—¿Por qué demonios crees saberlo? —dijo él con amargura—. No me conoces.

Chloe se preguntó si alguien lo conocía verdaderamente, o si mantenía a todo el mundo, como a ella, a distancia.

—¿Quién era esa mujer? —preguntó con calma.

Nik desvió la mirada hacia el mar.

—Se llama Helena y estaba prometida a Charlie, mi mejor amigo.

—¿Te importa que me siente? —sin esperar respuesta, Chloe se sentó en la arena y estiró las piernas, cruzándolas a la altura de los tobillos.

Nik se volvió y la vio reclinarse en los brazos al tiempo que la brisa le removía el cabello como una fina cortina de seda que ella sopló de su rostro.

Su belleza lo afectaba de una manera que le resultaba desconcertante, especialmente en un momento como aquel. Intentó mantener su gesto adusto, pero fracasó, y optó por sentarse a su lado.

—Charlie era un excelente cámara. A menudo la gente olvida que junto a un corresponsal de guerra hay un profesional grabándolo que asume los mismos riesgos sin recibir nunca el mismo reconocimiento.

Chloe lo miró de soslayo. Durante unos segundos, solo se oyó el sonido de las olas rompiendo a unos metros, y tuvo la impresión de que Nik se había olvidado de ella.

Cuando volvió a hablar, su grave y profunda voz sonó quebrada.

—Yo le presenté a Helena. Su familia forma parte de la comunidad griega de Londres, pero, como nosotros, todavía tiene familiares aquí, en la isla. Cuando yo era pequeño y venía a ver a mis abuelos, solía jugar con sus hermanos. Uno de ellos, Andreos, es el que has visto en el aeropuerto. Helena era un encanto.

Y la niña encantadora se había convertido en una hermosa mujer con un futuro por delante que ya no quería vivir.

—Ella y Charlie se cayeron bien al instante, a pesar de que eran muy distintos. Charlie era extrovertido, mientras que ella era callada, reflexiva y... —Nik tragó saliva.

Chloe se compadeció de su dolor.

—¿Fue un flechazo?

—Más bien un amor a fuego lento —dijo Nik—. Mantuvieron una relación intermitente de unos dieciocho meses. Pero entonces algo cambió... No sé exactamente qué, pero se comprometieron.

Chloe lo observó, consciente de que batallaba con sus emociones en silencio. Finalmente, comentó:

—No te alegraste.

Nik la miró entonces con un brillo de desprecio hacia sí mismo en los ojos.

—Me enfadé. Éramos un equipo y de pronto Charlie me anunció que lo dejaba y que quería un trabajo en el que su vida no corriera peligro. Fui yo quien le persuadió de que aceptara el último destino conmigo.

Estaba seguro de que le convencería de que continuara. ¡Fui un gran amigo! –Nik apretó los ojos cerrados. Todavía podía ver los ojos en blanco de Charlie; oler la sangre–. Así que terminó siendo, efectivamente, su última misión, y estaba allí por mi culpa.

Chloe tragó saliva para deshacer el nudo que se le había formado en la garganta al tiempo que giraba la cabeza para ocultar las lágrimas que anegaban sus ojos. Mirándolo por debajo de las pestañas, vio que tenía una expresión remota, como si ni siquiera estuviera allí.

Evitó hablar hasta haber recuperado el control de sus emociones. Era obvio que Nik no quería su compasión. Solo quería su cuerpo, lo que no explicaba por qué ella se estaba implicando en sus problemas cuando eso era justo lo que no podía darle.

–Lo que sucedió fue una tragedia –hizo una mueca ante la banalidad de su propio comentario–. Pero sigue sin ser culpa tuya.

Nik dejó escapar una carcajada llena de amargura y la miró con incredulidad.

–¿Has escuchado una sola palabra de lo que te he dicho?

Ni siquiera sabía por qué le había contado nada de todo aquello. Él era un hombre celoso de su vida privada en un mundo en el que la gente estaba ansiosa por exponer al escrutinio público sus más íntimos pensamientos. Era imposible ver la televisión o leer una revista sin encontrarse con una celebridad contando su vida, pero la idea de convertir las tragedias y miserias propias en entretenimiento para las masas le helaba la sangre.

Poniéndose en pie, se sacudió la arena y dijo:

–Tatiana se estará preguntando qué nos ha pasado.

Chloe se levantó a su vez con un grácil movimiento.

—¿Crees que honras a tu amigo castigándote por estar vivo? Por lo que dices de él, dudo que a Charlie le pareciera bien.

—Puede que Helena opine lo contrario.

—Vamos, eres un hombre inteligente; no hace falta ser un profesional para saber que Helena necesita ayuda. Te ataca porque necesita culpar a alguien —Chloe sacudió la cabeza con incredulidad al ver que Nik daba media vuelta y se iba—. ¡Nik! —jurando entre dientes, le dio alcance—. Muy bien; ignora el problema. Es una actitud muy adulta.

¿Cómo podía ayudarse a un hombre demasiado testarudo como para admitir que tenía un problema?

Nik se volvió bruscamente.

—¡No te he invitado a mi cabeza, así que permanece fuera de ella!

—¿O qué? —replicó Chloe.

Nik alargó la mano y, tomándola por la nuca, le hizo ponerse de puntillas hasta que susurró contra sus labios:

—O esto.

La exclamación de sorpresa de Chloe se perdió en la boca de Nik, que la besó como un hombre hambriento, como si quisiera consumirla hasta agotarla. Su otra mano se deslizó hasta la curva de sus nalgas para apretarla contra su endurecido sexo.

Chloe arqueó el cuerpo contra él, dejando caer los zapatos de los dedos. Con sus labios sellados, dieron varios pasos vacilantes juntos a medida que la violencia de su deseo se intensificaba. A Chloe estaban a punto de fallarle las rodillas cuando Nik se separó de ella bruscamente.

Ella se dejó caer en la arena y se sentó, rodeándose

las piernas con los brazos mientras miraba a Nik y él la observaba con los puños apretados. Habría querido librarse de su dolor, perderse en ella, pero sabía que solo estaría utilizando a Chloe como había utilizado a otras mujeres... buscando en el sexo unos instantes de olvido.

Por algún motivo que no era capaz de precisar, a ella no quería utilizarla.

–Así es como intento superarlo, *agape mou* –dijo con aspereza, mirando los labios de Chloe–. Así que si sientes lástima de mí y tienes ganas de un poco de acción...

Aun encogiéndose con horror por la crudeza del comentario, Chloe sintió una contracción de deseo en el vientre.

–Solo era una sugerencia –añadió Nik burlón.

Chloe lo siguió con la mirada, preguntándose cómo podía parecer a un tiempo sólido como una roca y vulnerable; Nik era una pura contradicción.

Se puso en camino con la sensación de que se iba quedando sin energía. Solo cuando llegó a lo alto y vio a Nik junto al coche, esperando con gesto de impaciencia, se dio cuenta de que el peso que sentía en el pecho era miedo.

¡No era posible que estuviera enamorada de Nik! Alzó la barbilla en un gesto desafiante como si quisiera ahuyentar esa posibilidad. Se negaba a estar enamorada de él.

Nik le abrió la puerta cuando ya estaba cerca y Chloe masculló con sarcasmo:

–¡Qué caballeroso!

Y cerró de un portazo por si a Nik se le había pasado por la cabeza viajar a su lado.

Capítulo 9

¿TE GUSTA?

—Es preciosa —dijo Chloe, recorriendo la habitación a la que Eugenie la había llevado—. ¡Qué vista! —exclamó, dirigiéndose hacia las puertas de cristal que se abrían a una piscina de horizonte infinito y al mar en la distancia.

—Era una pequeña casa de campo; la abuela nació aquí —dijo la adolescente—. Entonces era pobre. Cuando se casó con el abuelo, él quiso derruirla, pero la abuela no le dejó, así que construyó esta casa alrededor de la original. Entonces no había aquí una playa; él trajo la arena para hacerla.

—¿Y la gran casa de la colina? —Chloe había visto un precioso edificio veneciano en un pinar.

—También es nuestra. El abuelo la compró, pero la abuela no quiso vivir en ella —Eugenie se encogió de hombros—. Está casi en ruinas.

—¡Qué lástima! —dijo Chloe, lanzando una mirada al vestidor y pensando que no se había llevado nada más que un cepillo de dientes.

La niña pareció leerle el pensamiento.

—No te preocupes, mamá te traerá algo de ropa. Tiene un armario lleno de muestras —miró a Chloe con envidia—. Solo tú podrías ponértelas. ¿Estás segura de que no quieres cenar con nosotros?

Chloe negó con la cabeza.

—Estoy agotada —dijo, y cerró la puerta tras Eugenie.

Dando un suspiro, se apoyó en la pared a la vez que intentaba bloquear las imágenes que se sucedían en su mente. Luego se quitó los zapatos y, echándose en la cama, contempló el ventilador que giraba sobre su cabeza.

Había aceptado la oferta que le había hecho Tatiana de cenar en su dormitorio, y supuso que la invitación significaba que parecía tan cansada como se sentía. Hasta alzar la mano o cerrar los ojos exigía un esfuerzo por su parte. Pero, cuando los cerró, ya no pudo abrirlos.

Sospechaba que su agotamiento era más emocional que físico.

Se tocó los labios y un estremecimiento la recorrió al recordar el instante en el que Nik se los había mirado y ella había sabido que iba a besarla... ¿Se habría dado cuenta de cuánto lo deseaba? ¿Por qué perdía el tiempo pensando en ello? Solo era un beso.

Suspiró, diciéndose que en unos minutos se daría una ducha y con ella se libraría de sus recuerdos... Pero no había prisa.

Conseguir despertarse fue como atravesar una cortina de densa gasa. Cuando finalmente lo consiguió, creyó haber oído a alguien llorar.

Permaneció un rato escuchando, pero solo le llegaron los sonidos de la noche.

Entonces se incorporó bruscamente, mirando alrededor. Efectivamente, era de noche, aunque el cielo estaba coloreado de rojo. Encendió la lámpara de la mesilla y vio una bandeja sobre una mesa, con platos cubiertos por campanas.

Al poner los pies en el suelo, vio un caftán colgado en la puerta del cuarto de baño. Se puso en pie, sonriendo. Miró la hora y sus ojos se abrieron desmesuradamente. ¡Eran las cinco y media de la mañana!

Levantó una de las campanas, pero no le tentó probar la comida reseca que, sin duda alguna, habría estado deliciosa la noche anterior.

En el vestidor vio más ropa. Tatiana debía de haber entrado mientras ella dormía, como un generoso Papá Noel griego.

Chloe se dio una larga ducha que le hizo sentirse renovada. Luego se masajeó el aceite que su fisioterapeuta le había recomendado para hidratar la tensa piel de las cicatrices.

No sabía si era solo un efecto placebo, pero olía muy bien y aunque no era una cura, sí le relajaba la tirantez de la piel. Por eso siempre la llevaba consigo.

Esperó a que se secara antes de ponerse el caftán y sentir el placer de la seda contra la piel. Luego fue hacia la puerta de cristal y abrió la mosquitera que alguien había cerrado mientras dormía.

Cerró los ojos y aspiró profundamente antes de salir. La suave y perfumada brisa le pegó el caftán contra el cuerpo. Un lagarto asomó en la grieta de una roca antes de volver a desaparecer.

La piscina, cuya luz interior iluminaba los mosaicos del fondo, la atrajo como un imán. Adoraba el agua. Había aprendido a nadar en el colegio y de haber estado dispuesta a seguir el rígido programa de entrenamientos, habría podido llegar a ser nadadora de competición. Pero la habilidad física y el talento natural no bastaban sin disciplina. Aun así, a Chloe le encantaba nadar, y desde el accidente, solo se había bañado en la intimidad de la casa de su hermana.

Quería creer que algún día sería lo bastante valiente como para atreverse a hacerlo en una piscina pública sin que le importara que la miraran. Pero ese día todavía no había llegado.

Caminando hasta el borde de la piscina, se recogió el caftán alrededor de las rodillas y se sentó, metiendo los pies en la tibia agua.

Era tan tentador darse un baño... ¿Quién podía verla?

Nik llevaba diez minutos nadando, forzando su cuerpo al límite para intentar librarse de sus pesadillas. Llegó a la pared de la parte honda, giró y, cuando apenas alzó la cabeza para tomar aire, vio a Chloe acercándose a la piscina.

La observó hipnotizado, viendo cómo la túnica abrazaba cada una de sus curvas y permitía intuir que no llevaba nada debajo.

El sonido de la sangre en sus venas lo ensordeció cuando la vio quitársela y sumergirse, desnuda, en el agua...

Todo lo que hizo en realidad fue sentarse en el borde y meter los pies en el agua, pero el gesto activó la libido de Nik con la misma fuerza que si hubiera realizado su fantasía.

Tomó aire y buceó.

Chloe siguió trazando círculos con los pies en el agua mientras dejaba la mente en blanco.

El súbito e inesperado tirón que sintió en el tobillo, le hizo gritar. Tiró a su vez con fuerza y pataleó.

Oyó un gemido de dolor seguido de un juramento y consiguió liberarse. Pegó las rodillas al pecho y en ese momento emergió del agua la cabeza de Nik.

—Pero... ¿qué haces? ¡Casi me da un ataque al corazón! —exclamó Chloe.

—Estaba nadando. ¿No quieres acompañarme?

La invitación revolucionó las hormonas de Chloe. Sacudió la cabeza con el corazón desbocado.

—Entonces me uniré yo a ti —dijo Nik, apoyando las manos en el borde se impulsó con un grácil movimiento.

Chloe no pudo evitar recorrer con la mirada sus piernas y su musculoso torso, sus anchos y fuertes hombros. Cada uno de sus músculos se dibujaba bajo la perfecta superficie de su dorada piel.

Cuando alcanzó su rostro, él sonrió con la picardía de un ángel caído al tiempo que se pasaba la mano por el rostro para retirarse parte del agua antes de ladear la cabeza con expresión inquisitiva.

—¿Seguro que no puedo tentarte? —preguntó el hombre que era la personificación de la tentación con un brillo en los ojos que indicaba que lo sabía.

Aunque resultara frustrante, era la verdad. Chloe no tenía control sobre el rubor que coloreó sus mejillas, pero se negó a bajar la mirada.

—No, no puedes —dijo, humedeciéndose los secos labios—. Pero tú sigue. Yo estaba a punto de volver dentro —añadió, fingiendo un bostezo.

Nik tomó una toalla que descansaba sobre una silla para secarse el cabello y el rostro.

—Un baño te sentaría bien —vio el cabello mojado de Chloe y observó—: O quizá ya te lo has dado.

Chloe se llevó la mano a la cabeza y contestó:
—Me he duchado.

Nik tragó con fuerza al tiempo que recorría con una mirada sensual el rostro de Chloe y las suaves curvas que se dibujaban bajo la tela iridiscente mientras la desnudaba con la imaginación y veía el agua deslizarse por su piel de terciopelo.

Chloe tardó unos segundos en darse cuenta de que el sonido que oía era el de su propia respiración, alterada por la tensión sexual que flotaba en el aire.

No tuvo la seguridad de que Nik respirara, porque se quedó mirándola, inmóvil, mientras ella sentía que el corazón se le aceleraba hasta sentir sus vibraciones por todo el cuerpo.

—Tengo que... irme —dijo con un hilo de voz.

—¿Por qué?

—Voy a reservar mi vuelo.

—Son las seis de la mañana.

—Por Internet.

—Eugenie se va a sentir desilusionada. Estaba deseando enseñarte la isla.

—Tengo que volver —dijo Chloe en un tono casi suplicante.

Nik se encogió de hombros y se ajustó la toalla a la cintura, atrayendo de nuevo la mirada de Chloe hacia su plano vientre y la línea de vello oscuro que se perdía bajo la cintura del bañador.

—¿Seguro que no quieres bañarte? Haría que se te pasara un poco.

Chloe no cometió el error de preguntar qué era lo que se le tenía que pasar.

Se preguntó cómo reaccionaría Nik si se abriera el caftán y le dejara ver sus cicatrices.

«¡Qué pregunta tan tonta!», se respondió. «No le interesa ni quiere más que un cuerpo perfecto... o el que todavía cree que tienes».

—No tengo bañador.

—¿No has nadado nunca desnuda?

Chloe se tensó y ocultó la mirada bajo las pestañas con un gesto que hizo enarcar las oscuras cejas de Nik con sorpresa ante lo que percibió como un sentimiento de tristeza

—¿Te da miedo el agua? —preguntó.

Chloe miró con melancolía la superficie apacible del agua y negó con la cabeza.

—¿Sueles nadar a esta hora? ¿Te estás preparando para una competición? —preguntó entonces para cambiar de tema.

—No, normalmente corro —Nik se inclinó para tomar otra toalla con la que se secó de nuevo el cabello vigorosamente.

—¿Como entrenamiento?

Nik dejó caer la toalla.

—Porque no duermo.

La confesión hizo que Chloe se identificara con él.

Durante su hospitalización, cuando le bajaron la dosis de analgésicos, había sufrido de insomnio. Aunque no solía pensar en ese periodo porque prefería centrarse en el hecho de que había sobrevivido, desde entonces sabía hasta qué punto podía afectar el insomnio la vida diaria de una persona.

—A veces es difícil desconectar —comentó. Y pensó: «Sobre todo cuando uno carga con un sentimiento de culpabilidad como todo un planeta», pero rechazó instantáneamente aquella punzada de compasión. Solo se merecían ese sentimiento quienes al menos intentaban resolver sus problemas–. Yo suelo optar por un vaso de leche caliente.

Nik se rio con amargura.

–Yo no quiero dormir.

–¿Te refieres a que te basta con dormir poco?

–Quiero decir que tengo pesadillas –Nik detuvo bruscamente la mano que estaba pasándose por el rostro, desconcertado por haber compartido esa información.

Jamás había hablado con nadie de sus pesadillas. Estaba seguro de que cualquiera de los supuestos especialistas en el tema le dirían que sufría de estrés postraumático. A él las etiquetas le daban lo mismo. No acostumbraba a compartir sus emociones y la idea de despertar lástima le producía un rechazo visceral.

Charlie estaba muerto por su culpa y ninguna etiqueta podría cambiar eso. Él no quería sentirse mejor... No se lo merecía, aunque las pesadillas fueran un castigo difícil de sobrellevar.

Chloe dejó escapar un prolongado suspiro. Estaba segura de que se exponía a recibir un bufido, pero no podía callarse.

–¿Quieres hablar de ello?

Nik la miró con ojos refulgentes.

–¿Podrías dejar tu compasión a un lado por un rato? No es eso lo que quiero de ti.

Chloe no se amilanó.

–Tú no eres responsable de lo que pasó, Nik. Charlie tomó sus propias decisiones.

–Te he dicho... –Nik dejó la frase en suspenso con gesto contrariado. ¿Por qué le habría dicho cosas que no había compartido con nadie? No le gustó no poder contestar esa pregunta. Fue hacia Chloe y tomándola por los brazos la atrajo hacia sí con tanta fuerza que sus cuerpos chocaron–. ¿Por qué tienes que ser diferente?

La intensidad que irradiaba hizo que a Chloe le diera vueltas la cabeza, ¿o era por sentir su cuerpo firme y fibroso contra el de ella? La tensión sexual que emanaba de él y el febril brillo de su mirada la aturdían.

Los ojos de Nik permanecieron abiertos y clavados en Chloe mientras rozaba con sus labios los de ella con una torturadora lentitud.

Chloe se estremeció y se dejó arrastrar por la sofocante excitación que le entrecortó la respiración. El rostro de Nik se hizo borroso antes de que ella cerrara los ojos, y de que el anhelo que se cobijaba en lo más profundo de su vientre arrancara un susurrante gemido de su garganta:

–¡Por favor!

La ronca súplica acabó con cualquier vestigio de control en Nik, que, gimiendo a su vez, introdujo la lengua en su boca y exploró sus recovecos. El beso se intensificó, sus dientes entrechocaron, sus lenguas se entrelazaron con una creciente pasión.

Poniéndose de puntillas, Chloe se abrazó a su cuello. Aunque podía oír sirenas de alarma, el clamor de los latidos de su corazón las amortiguaba. Clavó los dedos en los musculosos hombros de Nik y le recorrió la espalda, atrayéndolo hacia ella, buscando el pleno contacto de sus cuerpos.

Nik había seguido pensando que hacer el amor a Chloe podía ser una forma de terapia, pero esa idea se extinguió en cuanto sus manos empezaron a recorrer su cuerpo.

No se trataba de terapia, sino de supervivencia; tenía la sensación de que su vida dependía de aquello. Lo necesitaba. Necesitaba a Chloe. No, solo era sexo... se corrigió, al tiempo que le cubría un seno con la mano y le frotaba el endurecido pezón mientras le besaba la curva del cuello.

—¡Haces que te desee! —gimió—. Quiero sentir tu piel en la mía. Quiero besar y saborear cada milímetro de tu cuerpo.

¿Qué estaba haciendo? «Tu piel en la mía...». Chloe recordó la piel destrozada de sus muslos y se imaginó la expresión de espanto de Nik cuando la viera. Y no pudo soportarlo.

—¡No, no! —lo empujó con fuerza y él, retrocediendo, dejó caer los brazos.

—¿Qué está pasando, Chloe?

Ella dejó escapar una risita tensa.

—Nada —dijo—. He cambiado de opinión —al ver la mirada de estupefacción de Nik, añadió—: Eres demasiado complicado. Yo prefiero las cosas simples.

Nik echó la cabeza hacia atrás como si hubiera recibido un puñetazo. ¡Chloe pensaba que era un discapacitado emocional y no quería perder el tiempo con él! El golpe a su orgullo fue tan intenso como la frustración que reverberaba por todo su cuerpo.

—Es solo sexo, *agape mou*. No te he pedido que te cases conmigo.

—Es posible, pero también el sexo puede ser complicado.

—Soy un hombre de necesidades básicas.

Chloe sonrió con amargura.

—No hace falta que lo digas. Si no recuerdo mal, ni siquiera te despediste de mí —se arrepintió de pronunciar aquellas palabras aun antes de ver la mirada especulativa que Nik le dirigió–. Creo que deberías hablar con un profesional de tus pesadillas. Me alegro de que ya no bebas tanto, pero aquella noche...

–Te refieres a la noche en la que nos acostamos –Nik se alegró de ver que Chloe se encogía como si le hubiera dado una bofetada. Se lo tenía merecido–. Aquella noche ni siquiera había dormido.

Se produjo un silencio antes de que Chloe lo comprendiera todo y una expresión de espanto le cruzara el rostro. Para cuando volvió a respirar, estaba pálida.

–¿Charlie acababa de morir? –aunque lo fuera por la entonación, no se trató de una pregunta. De pronto todo encajaba: su ánimo taciturno, lo incendiario de la química que hubo entre ellos, la desbocada pasión. Nik había querido olvidar.

Él intentó ignorar el sentimiento de culpabilidad que le produjo percibir la vulnerabilidad que súbitamente la había invadido.

–Me utilizaste –dijo entonces ella entre enfadada y dolida.

–Estaba demasiado cansado como para resistirme –replicó él.

Chloe se ruborizó.

–Eres un bastardo.

Nik no lo negó porque era verdad. Chloe dio media vuelta.

–¿Dónde vas? –Nik tuvo que apretar los labios para no pedirle que se quedara. Jamás había suplicado a una mujer.

–Tan lejos de ti como pueda –dijo ella, por encima del hombro–. Y puede que, con suerte, encuentre a un hombre que no tema reconocer que no es perfecto.

—*Agape mou*, tú no buscas un hombre, sino una causa.

—Puede, pero tú eres una causa perdida —contestó Chloe sarcástica—: No vas a tener un futuro mientras no te perdones por el pasado. Y no es a mí a quien deseas, sino el recuerdo de algo perfecto... Y ya no lo soy. Soy...

Respirando profundamente, se quitó el caftán y expuso su cuerpo desnudo a la luz del amanecer.

Nik contuvo el aliento mientras la recorría con la mirada. Chloe lo observó y supo el preciso momento en el que llegaba a sus cicatrices; vio la cara de espanto que fue incapaz de disimular.

—Ya ves; no soy lo que necesitas. Ya no soy perfecta —dijo con firmeza.

No supo cómo consiguió volver hacia su dormitorio, ni fue consciente de que Nik la siguiera.

Capítulo 10

LA VIOLENCIA con la que cerró la puerta hizo que esta se abriera de golpe, pero Chloe ni lo notó.

Mientras, Nik tardó unos segundos en darse cuenta de que el sentimiento que acababa de estallar en su pecho mientras la seguía, era de una profunda ternura hacia la hermosa mujer que caminaba en actitud digna, como una estatua de mármol. Excepto que no era de mármol, sino de carne y hueso.

Apenas se podía imaginar qué le pasaba por la cabeza. Chloe tenía más valor en su dedo meñique que un regimiento de marines.

–¿No has visto suficiente? –le espetó ella, volviéndose al oír que entraba.

Nik tuvo que hacer acopio de toda su fuerza de voluntad para mantener un control que sabía imprescindible.

–¡No!

Chloe lo miró a los ojos y la fiera calidez que vio en ellos la aturdió.

–Pero...

–No quiero limitarme a mirarte –dijo él, acariciándole la mejilla–. Y creo que podemos hacer algo mucho mejor que solo sexo –añadió inclinando la cabeza y besándola.

Cuando levantó la cabeza, ambos respiraban entrecortadamente; los ojos de Chloe brillaban y cada célula de su piel había estallado a la vida.

–¿Qué te parece si igualamos las cosas? –sugirió él, retrocediendo para poder quitarse el bañador.

Chloe tragó saliva mientras seguía el movimiento con la mirada y sentía el deseo inundarla al ver la prueba del deseo de Nik por ella en la erección de su sexo. Él sonrió y dijo:

–Ven aquí.

Chloe obedeció y él, tomándole la mano, se la cerró sobre su endurecido miembro.

–Esto es lo que me pasa cuando te miro.

–Pero ya no soy...

–Para mí, eres perfecta.

Esa declaración hizo que los músculos más profundos de Chloe se contrajeran y que la invadiera un deseo tan intenso que todo ápice de inhibición desapareció.

Deslizando la mano tentativamente con una excitación creciente, musitó:

–¡Increíble!

Nik dejó escapar una sensual carcajada que le puso el vello de punta. Entonces él le tomó ambas manos y le besó las palmas antes de volver a sus labios.

El beso comenzó con una delicada y lenta exploración y de pronto se transformó en otra cosa; la lengua de Nik se adentró en la boca de Chloe. Una explosión de desesperada necesidad se apoderó de ambos a medida que sus lenguas se entrelazaban y sus dientes chocaban. Chloe gimió y se puso de puntillas, jadeando anhelante mientras apretaba sus senos contra el férreo torso de Nik.

Cuando separaron sus bocas, los dos jadeaban

como si acabaran de terminar un maratón. Nik la tomó por la nuca y le acarició la línea del cabello. Luego besó la curva de su cuello y Chloe dejó caer la cabeza lánguidamente hacia atrás mientras suspiraba y cerraba los ojos y Nik le acariciaba un seno y luego el otro con sus expertas y ávidas manos.

Sus ojos azules se abrieron con un fulgor de pasión cuando la tomó en brazos y caminó con ella hacia la cama. Ella le acarició el rostro y trazó el perfil de aquellos labios con los que era capaz de proporcionar tanto placer.

Nik la depositó en la cama y la observó con las aletas de la nariz dilatadas, respirando agitadamente.

Su cuerpo estaba moreno, fibroso, era una combinación perfecta de músculos, tendones y piel, y el deseo atenazó las entrañas de Chloe mientras lo observaba sin poder apartar la mirada de él.

—Eres maravilloso –susurró–. Perfecto –se le llenaron los ojos de lágrimas–. Ojalá yo siguiera siéndolo para ti...

Nik sintió una profunda ternura al darse cuenta de hasta qué punto Chloe sufría.

Con una mezcla de determinación y dulzura, se echó a su lado diciendo:

—Escucha: eres preciosa.

Chloe sonrió llorosa.

—Puede que lo sea por dentro.

—Por dentro y por fuera –la contradijo él–. Y quiero amar cada parte de ti. Sé que crees que has perdido algo, pero déjame que yo te dé algo de mí para llenar ese vacío... –le tomó la mano y se la llevó al pecho, donde Chloe pudo sentir el acompasado y rotundo latir de su corazón.

Al sentirlo reverberar por su cuerpo tuvo la sensación de que eran una sola persona, y anheló una unión más íntima.

–Te deseo –dijo simplemente.

Los ojos de Nik se oscurecieron en respuesta a la susurrada petición.

–Si es así, *agape mou*, seré tuyo.

Colocando los brazos a ambos lados de la cabeza de Chloe, se inclinó para besarla y ella suspiró en su boca, ansiosa por saborearlo, por llenar todos sus sentidos de él. La mutua y erótica exploración de sus bocas continuó mientras Nik se echaba sobre el costado y le hacía girarse hacia él. Luego separó los labios de los de ella solo para ir bajando por su cuello hasta sus senos. Chloe dejó escapar un grito ahogado al sentir su lengua lamerle los pezones y luego sentir sus labios succionárselos.

Sus humedecidos pezones anhelaron su boca cuando Nik continuó su descenso a la vez que dejaba un rastro de besos por su vientre mientras sus dedos separaban los suaves pliegues del vértice de sus piernas, acariciándoselos delicadamente hasta encontrar el prieto núcleo cobijado en ellos.

Chloe estaba tan concentrada en las deliciosas sensaciones que le provocaba que no se dio cuenta de dónde seguía besándola Nik. Tensándose bruscamente, abrió los ojos de par en par, horrorizada por que estuviera tocando sus cicatrices e imaginándose el asco que debía de sentir. No quería que fingiera disfrutarlo.

–¡No!

–¡Sí! –replicó él.

Por una fracción de segundo sus miradas se encontraron, pero Chloe desvió la suya.

—¡No puedes querer hacer eso! —dijo con ojos llorosos.

Su voz quebradiza hizo que a Nik se le encogiera el corazón. Dejando escapar un gruñido, subió hasta quedar su cara frente a la de ella. Mirándola fijamente, le tomó la mano y se la llevó de nuevo a su endurecido sexo. Su cuerpo temblaba de deseo mientras le hizo deslizarla arriba y abajo.

Chloe lo miró a los ojos, y al ver el fuego abrasador en el que ardían, todas sus dudas desaparecieron, y con ellas, las inhibiciones. De pronto se sintió libre.

Besándola apasionadamente, Nik la colocó sobre sí y la sujetó por las nalgas mientras seguía besándola hasta que supo que ya no podría contenerse. Echándola sobre la espalda, se colocó sobre ella y Chloe se entregó a las sensaciones que la bombardeaban. Se rindió a sí misma y a él.

Entonces Nik le separó las piernas y ella contuvo el aliento y lo exhaló lentamente cuando él finalmente se deslizó en su interior. Ella le asió las caderas y se arqueó para profundizar la penetración. Él dejó escapar un gemido y obedeció.

—Entrelaza las piernas a mi cintura, Chloe.

Ella lo hizo y Nik se adentró aún más, meciéndose con fuerza en su interior, invadiéndola tan profundamente que se fundieron en uno y alcanzaron el vórtice del torbellino juntos, estallando al unísono con una explosión que alcanzó cada célula de sus cuerpos.

Chloe giró la cabeza hacia el lado, donde Nik jadeaba tomando el aire a bocanadas, con el pecho agitado y la piel sudorosa.

Él alargó el brazo y la atrajo hacia sí.

–¿Qué haces tan lejos? –bromeó, reposando la barbilla en su cabeza a la vez que los cubría con la sábana. Tras una pausa, preguntó–: ¿Todavía te duele?

Chloe se sentó, tapándose con la sábana hasta la barbilla, y lo miró.

–¿La pierna? –cuando Nik asintió, dijo–: Solo cuando me río... No, en serio, al contrario. La piel está entumecida, así que casi no la noto.

Nik tuvo la seguridad de que el tono indiferente con el que habló ocultaba un profundo dolor.

–A veces se me tensa la piel –Chloe tomó la crema de la mesilla–. Pero mejora si me masajeo con esto.

–¿Pasaste mucho tiempo en el hospital? –pensar en ella padeciendo en una cama, sola y convaleciente, despertó en Nik una intensa compasión.

–Bastante, porque los implantes se infectaron. Por eso no pienso volver al quirófano.

Nik se puso alerta.

–¿Quieren que vuelvas?

–Sí, me han propuesto que me haga otra operación.

–¿No deberías seguir el consejo de los especialistas?

–El cirujano dice que quizá el aspecto de las cicatrices mejore, pero no hay garantías, y ya estoy harta de que experimenten conmigo.

Su tono de hastío y determinación conmovió a Nik, que la estrechó contra sí.

–¿No valdría la pena que las mejoraran? –dijo contra su cuello.

Chloe alzó la cabeza y lo miró con recelo.

–Seguiría sin ser perfecta. Y no se trata de los demás, sino de mí. Tengo que poder mirarme al espejo y saber que sigo siendo yo —se llevó una mano al pecho—, por dentro.

Nik vio lágrimas rodar por sus mejillas y sintió el corazón en un puño.

—No llores, *agape mou* —dijo, acariciándole el cabello y atrayéndola de nuevo hacia sí.

Nik lamentó que el sol se filtrara por las contraventanas y sonrió para sí al pensar que hasta aquella mañana lo último que había querido era que se prolongara la noche.

Pero la mañana había llegado, lo que significaba que tenía que dejar ir a Chloe y abandonar la increíble sensación de paz y bienestar que sentía teniéndola en sus brazos, una paz que había sido mejor que dejarse invadir por un sueño que su cuerpo tanto necesitaba, y al que se había resistido por temor a hacer daño a Chloe. Era un temor fundado, pues sabía que muchos hombres que sufrían de estrés postraumático despertaban en medio de una pesadilla y atacaban, en sueños, a sus parejas.

Y sabía que, si le hacía algo a Chloe, aunque fuera inconscientemente, no podría superarlo.

La ventaja de que hiciera un sol resplandeciente era que podía admirar el bello rostro que yacía a su lado, su cabello sedoso, sus pobladas pestañas. Si alguien le hubiera dicho la noche anterior que susurraría el nombre de una mujer porque necesitaba oírlo, se habría reído a carcajadas...

—Chloe.

Aunque solo lo musitó, Chloe se revolvió alterada y gritó:

—¡No!

Abrió los ojos y luego parpadeó, aclarando la nebulosa de su mente.

—Estaba soñando —susurró soñolienta.

—Sonaba más bien a pesadilla.

—Había olvidado lo de mi pierna y me había puesto shorts —explicó—. La gente se reía y señalaba las cicatrices.

Nik sintió un nudo en el estómago.

—No permitiré que nadie se ría de ti —dijo con fiereza.

Chloe sonrió mientras él le acariciaba lentamente la espalda hasta que su respiración se pausó y volvió a quedarse dormida.

Hacía mucho tiempo que Nik no pasaba más de una hora en la cama con una mujer, en parte porque no quería que nadie fuera testigo de sus pesadillas. Era una ironía que en aquella ocasión fuera ella quien las padeciera.

Pensar en sus gemidos de angustia le atravesó el corazón. Llevaba sus cicatrices con valentía, pero ¿cuántas veces habría alzado la barbilla en gesto desafiante fingiendo que no le importaban, tal y como había hecho con él aquella mañana? Cuidadosamente, alargó la mano para ver la hora en el teléfono. Ya eran las diez.

Estaba sediento.

Sigilosamente, quitó la mano de los hombros de Chloe y, evitando despertarla, se levantó. Fue a la cocina y bebió un vaso de agua con avidez.

Luego volvió al dormitorio por su teléfono y contempló largamente a Chloe. Aunque respetaba su decisión de no operarse, se preguntó si habría alguna otra forma de ayudarla. Tenía que haberla. Y con ello evitar la crueldad de la gente.

Chloe se despertó y se preguntó por qué se sentía tan bien. Al recordarlo, se sintió aún mejor. Con los ojos cerrados, alargó la mano y al notar las sábanas frías, sintió un escalofrío. Nik se había ido.

—Buenos días —le oyó decir en ese instante. Debía de haber ido a su dormitorio porque se había cambiado de ropa. Llevaba una bandeja con el desayuno.

—Hola —Chloe disimuló una súbita timidez alargando la mano hacia una tostada.

—Hola. ¿Solo o con leche? —preguntó Nik, descansando la bandeja en la mesilla y sentándose en la cama de frente a Chloe.

—Solo, y gracias por lo de antes.

—Te diría que ha sido un placer, pero supongo que es evidente.

Chloe se ruborizó y miró a Nik por encima de la taza de café al tiempo que daba un largo sorbo.

—Para mí también.

—He hecho una búsqueda en Internet —Nik estaba entusiasmado con la información que había encontrado y estaba ansioso por compartirla con ella.

Chloe dio otro trago de café, asombrada por la energía que desplegaba cuando ella tenía agujetas en partes del cuerpo que ni siquiera sabía que existieran.

—En Nueva York hay un equipo médico que ha desarrollado una nueva técnica de cirugía plástica. Todavía está en proceso de prueba, pero parece milagrosa.

Chloe lo escuchó en silencio, pero Nik la había perdido nada más decir «un equipo médico».

–No me interesa.

La indiferencia de su reacción fue como un jarro de agua fría. Nik la miró desilusionado, pero añadió con una delicada paciencia:

–No sé si lo has entendido.

Chloe dejó la taza y se asió a la sábana con fuerza.

–No, eres tú quien no lo entiende, Nik, y quien no me ha escuchado –de pronto se sentía estúpida por haber creído que la comprendía–. ¿Crees que puedes decirme algo que no sepa sobre posibles tratamientos? –sacó bruscamente la pierna de debajo de la sábana–. Llevo viviendo con esto mucho tiempo.

–Comprendo que...

–¿Crees que ha sido fácil, que no me he debatido? –continuó Chloe con un creciente enfado–. Es la decisión que he tomado y tienes que respetarla.

–Está claro que es un tema sensible, pero...

–¡No seas condescendiente y no intentes cambiarme! O me aceptas como soy, o déjame.

Nik alzó las manos para calmarla. La conversación no estaba yendo como había previsto.

–No te pongas así.

–¿No? ¿Qué pensarías si yo te dijera que tienes que hacer algo con el estrés que padeces? ¿Si me convirtiera en una experta en tu problema de la noche a la mañana?

–No estamos hablando de mí.

–Claro, porque al contrario que tú, yo admito que tengo un problema. Aunque en realidad solo sea un problema por culpa de gente como tú.

Nik había ido palideciendo a medida que la escuchaba.

–Solo intento ayudarte –dijo, poniéndose en pie.

—¿Por qué no te ayudas tú primero? —replicó Chloe, que quería herirlo tanto como él la había herido a ella.

De pronto la invadió una extraña calma al observar a aquel hermoso hombre del que se había enamorado en tan poco tiempo.

Lo que fuera que había entre ellos estaba predestinado al fracaso. Solo había querido engañarse. Y no tenía sentido prolongarlo.

—¡Mientras no reconozcas que tienes un problema, no quiero saber nada de ti!

Capítulo 11

AUNQUE sabía que la ceremonia se iba a retransmitir, Chloe no esperaba que hubiera cámaras en el exterior.

Al bajar del coche real de Vela, se cuadró de hombros. Si su hermana, que odiaba ser el centro de atención, podía soportarlo, también ella podía.

—Aquí llega lady Chloe Summerville, en sustitución de su hermana, la futura reina de Vela. Aunque no ha habido confirmación oficial, todos recordamos lo duros que fueron los primeros meses de su primer embarazo —dijo la reportera con una sonrisa insinuante.

Consultó sus papeles y continuó:

—Lady Chloe viste un modelo de Tatiana. Bienvenida.

Chloe se detuvo ante el micrófono.

—Gracias.

—Lleva una preciosa capa —dijo la reportera admirando la pieza de terciopelo que la cubría hasta los tobillos—. Va a entregar uno de los premios de la gala a una niña que volvió a su casa en llamas para salvar a su hermanita, y que sufrió graves quemaduras.

—Sí, a Kate. Me siento afortunada de ser quien le entrega el premio.

—En sustitución de su encantadora hermana. ¿Cómo se encuentra la princesa?

Sabrina estaba donde había pasado casi todo el tiempo los últimos días: vomitando.

–Lamenta mucho no haber venido, especialmente cuando se trata de reconocer a esos héroes cotidianos que no suelen aparecer en los titulares.

–¿Y por qué no...? –la llegada de los protagonistas de *reality show* salvó a Chloe de contestar incómodas preguntas,

Aprovechando que las cámaras se dirigían hacia los recién llegados entró en el vestíbulo del teatro en el que se congregaban numerosas personas vestidas de gala. Tatiana acudió a su encuentro.

Chloe la besó a la vez que su teléfono pitaba. Lo sacó del bolso.

–Es un mensaje de Sabrina –explicó. Y lo leyó:

¡Buena suerte! Te estaremos viendo. Tómate una copa por mí. Y date prisa, por favor. Si mi marido me pregunta una sola vez más si estoy bien, voy a matarlo.

Chloe sonrió con tristeza, imaginando qué se sentiría cuando un hombre estaba tan loco por una mujer como su cuñado con su hermana.

–¿Todo bien? –preguntó Tatiana.

–Perfectamente, aparte de que Sabrina tiene continuas náuseas.

–¡Pobre!

–¿Cuál es el programa?

–Como eres la primera, querrán que vayas directamente tras el escenario. Después de presentar el premio, acompañarás a Kate a la mesa, donde te han colocado para el resto de la cena.

—Muy bien.

—¿Estás segura de lo que vas a hacer?

—Completamente —dijo Chloe, sorprendiéndose de lo tranquila que se encontraba al estar por fin a punto de hacer lo que se había propuesto.

—Sabes que saldrás en los titulares de la prensa mundial.

Chloe asintió, negándose a dar cabida al temor o a la duda. La idea era precisamente conseguir titulares. No se podía cambiar la percepción de la gente desde el miedo. Había recorrido el mundo diciendo a la gente que debía aceptar a las personas marcadas por cicatrices, y, sin embargo, ocultaba las suyas. Lo que la convertía en una completa hipócrita.

—Hoy es la noche en que todo será revelado —bromeó con impostada solemnidad.

—Eres muy valiente —dijo Tatiana emocionada.

—No, valientes son aquellos a los que homenajeamos esta noche.

Nunca se había considerado valiente, pero sí había pensado que había asimilado sus heridas. Sin embargo, al ver una entrevista con la niña a la que iba a entregar el premio, se había dado cuenta de que estaba equivocada.

—«¿Qué dicen tus amigos de tus cicatrices, Kate?».

La niña había pensado un poco antes de decir:

—«Al principio algunos me miraban mucho el brazo. Otros, no mis amigos de verdad, fueron malos y me hicieron llorar. Pero ahora todos se han acostumbrado y ni siquiera se dan cuenta, porque yo sigo siendo yo» —hizo una pausa y continuó—: «A veces todavía lloro porque prefería el brazo como lo tenía antes».

Chloe había llorado, en parte porque sintió vergüenza de sí misma. Solo entonces se dio cuenta de que había estado ocultándose y de que, si hubiera sido verdaderamente honesta consigo misma y con los demás, la espantosa escena con Nik de unas semanas antes no se habría producido.

Tendría que vivir con ese recuerdo solo porque había querido que la trataran como a una mujer sin imperfecciones. Por ello había pagado un precio muy alto; se había enamorado perdidamente. Amaba a Nik Latsis, pero él no la correspondía.

Y le torturaba pensar en las pesadillas que sufría. Le preocupaban los demonios que lo visitaban cada noche y las consecuencias que eso tendría en su salud, tanto física como emocional. Anhelaba confortarlo, pero sabía que, después de lo que había pasado entre ellos, no sería posible. No lo culpaba, Nik lo había intentado, pero sus cicatrices eran evidentemente demasiado para él, y tampoco estaba interesado en ayudarse a sí mismo.

¿Estaría viendo la ceremonia aquella noche?

¿Le parecería mal lo que iba a hacer?

Era consciente de que lo que estaba a punto de pasar se haría viral en las redes sociales, dando lugar a cientos de debates, que era precisamente lo que buscaba; y que recibiría crueles comentarios de aquellos que aprovechaban la libertad que les concedía el anonimato para criticar a gente a la que no conocían.

Chloe estaba preparada, en la medida de lo posible, para la avalancha de publicidad que se le venía encima.

—Lady Chloe —una mujer de aspecto eficiente, una de las organizadoras, apareció a su lado—. ¿Le ha explicado Tatiana el formato? Genial. Está usted espectacular.

—Disculpe —dijo Tatiana, apareciendo en ese momento.

La mujer se echó a un lado.

Chloe hizo un gesto con la cabeza y Tatiana se acercó para quitarle la capa.

—Estoy bien —susurró Chloe cuando vio que su amiga vacilaba.

Se alisó el cabello que aquella noche llevaba recogido con un broche en la nuca. Llevaba un vestido de un rojo tan brillante como su pintalabios, con una sola manga y escote cerrado por delante y abierto casi hasta la cintura por la espalda. Lo único que lo adornaba era una cenefa de pedrería a lo largo de la raja que, en el lado izquierdo, se abría para dejar su muslo a la vista.

No era casualidad. Le había pedido a Tatiana que lo diseñara así.

La mujer abrió los ojos desmesuradamente y dijo, como si la viera por primera vez:

—Espectacular —ahuyentando a un asistente, añadió—: Yo misma acompañaré a lady Chloe.

Mientras bajaban en el ascensor, la mujer carraspeó.

—Mi hermana nació con labio leporino. Ahora ni siquiera se le nota, pero recuerdo lo que la hacían sufrir de pequeña. La gente puede ser muy cruel y lo que está usted haciendo es... admirable. Me llamo Jane, por cierto.

La trasera del escenario estaba muy ocupada, pero Jane encontró una silla para Chloe. Luego volvió con una copa de vino y se quedó con ella mientras el presentador anunciaba el comienzo del evento.

—Su turno.

Chloe se sobresaltó al sentir que la mujer le tocaba el brazo.

—No se preocupe. Actúe como si las cámaras no existieran.

Chloe se cuadró de hombros y subió al escenario.

Nik llegó tarde. Desde la parte de atrás de la sala buscó con la mirada a su hermana y a su sobrina entre las mesas de los presentes. Iba hacia ellas cuando sonaron aplausos y decidió esperar a que hubiera un descanso en la ceremonia.

Odiaba aquel tipo de eventos, pero en aquella ocasión su sobrina le había chantajeado moralmente para que acudiera, como regalo de cumpleaños.

Nik no había sospechado que fuera una emboscada hasta que oyó anunciarse el nombre de Chloe, seguido de otra ronda de aplausos.

¡Estaba espectacular!

Su libido se activó en cuanto la vio en la pantalla que, a la izquierda del escenario, amplificaba la imagen. Elegante, segura de sí misma, sofisticada como una sirena; llevaba un vestido que habría excitado a cualquier hombre con sangre en las venas.

En cuanto empezó a hablar, suspiró. ¡Cuánto había echado de menos aquella voz! Tanto que no entendió lo que decía porque estaba concentrado en su precioso sonido.

Oyó reír a la gente y dedujo que debió de decir algo divertido, pero Nik no tenía ganas de reírse porque se preguntaba si lo que sentía se parecía a lo que le pasaba a un alcohólico cuando de pronto descubría vodka en su zumo de naranja.

Se decía que el primer paso para recuperarse era aceptar que se tenía un problema, pero ¿y si uno no quería recuperarse nunca?

La frustración lo recorrió a medida que se agolpaban en él las emociones: deseo, enfado... La había echado de menos.

Pero aquella era la mujer que lo había rechazado, que había señalado sus peores temores y debilidades, como si creyera que cambiar estaba en sus manos.

Chloe estaba equivocada. Le había dicho que debía pasar página, pero era imposible reescribir el pasado.

«Un hombre asume la responsabilidad de sus actos, Nicolaos».

El recuerdo del consejo de su padre emergió de algún lugar de su mente. Ni siquiera recordaba cuántos años tenía, ni qué travesura había hecho. Quizás lo recordaba porque era excepcional que su padre se implicara en su educación. Había sido un padre distante, como el abuelo al que solo conocía por un retrato desde el que lo miraba con gesto de desaprobación.

Recordó la vergüenza y la promesa que se hizo de no desilusionar a su padre, de portarse como un hombre. Y creía haberlo hecho, aunque...

Su diálogo interior se vio interrumpido por otra explosión de aplausos y Nik se dio cuenta de que los focos se habían trasladado de Chloe a una mesa situada cerca del escenario.

En la gran pantalla, se veía a una niña con una mujer acuclillada a su lado, que debía de ser su madre, animándola a subir al escenario; pero la niña sacudía la cabeza enfáticamente.

Cuando la niña empezó a llorar se produjo un expectante silencio.

Nik agradeció mentalmente la delicadeza del realizador al alejar la cámara del rostro de la niña, pero pronto vio que no era una cuestión de sensibilidad, sino que la giraba hacia la mujer que bajaba del escenario.

Un murmullo de aprobación recorrió la sala antes de volver a hacerse un silencio sepulcral mientras Chloe avanzaba hacia la niña. Nik no supo por qué hasta que vio su cuerpo en la pantalla. La cámara estaba mostrando sus largas piernas, la atrevida raja y... Nik se quedó helado.

Los focos eran tan fuertes que dejaban ver cada detalle de la carne pálida y deformada.

El nudo que se le formó en el corazón no fue por la fealdad de las heridas, sino por los meses de dolor que representaban. La explosión de orgullo que sintió hizo brotar una exhalación de un profundo lugar de sí mismo que desconocía que existiera; una emoción que se había negado a reconocer.

Como el resto de los presentes, la vio inclinarse junto a la niña y hablar con ella. Hubo otro murmullo de expectación cuando la niña levantó la cabeza del hombro de su madre para mirarla, y Chloe se señaló la pierna.

La audiencia contuvo el aliento al ver a la niña tocar el muslo de Chloe. Un suspiro colectivo acompañó a la sonrisa que asomó a su rostro.

Chloe dijo algo que la hizo reír, antes de ponerse de pie y tenderle la mano. La audiencia rompió a aplaudir cuando la niña la tomó y la acompañó hasta el escenario.

Nik no aplaudió porque apenas podía respirar. Sentía una mezcla de orgullo, de vergüenza y de deseo.

Cuando la hermosa y alta mujer se colocó frente al micrófono, el público se puso en pie y le dedicó una ovación, a la que se unió la niña... Y Nik supo que aquella sería la fotografía de las portadas de la prensa del día siguiente.

También supo que estaba mirando a la mujer de su vida.

Y que la había perdido.

Capítulo 12

ERA CERCA de la una de la madrugada cuando Chloe llegó a casa.

Casi nunca recibía llamadas en el teléfono fijo, pero la luz intermitente del contestador le indicó que debía de estar lleno.

Decidió ignorarlo, como el móvil que llevaba apagado en el bolso. Se masajeó las sienes para relajar la tensión que sentía en las cuencas de los ojos.

Estaba exhausta y, al mismo tiempo, su mente seguía hiperactiva.

Se quitó los zapatos con cierto sentimiento de anticlímax. Había pasado días de nerviosismo esperando a aquella noche, y una vez había pasado, en lugar de estar encantada con el resultado, no sentía nada.

Fue al cuarto de baño y llenó la bañera. Luego se sumergió en el agua con un gran suspiro y dejó que el agua le relajara la tensión que le agarrotaba los hombros.

Entonces sonó el timbre de la puerta.

¿Quién demonios podía llamar a aquella hora? Una cosa era que algún periodista quisiera entrevistarla, pero... Decidió no hacer caso.

Pero su visitante no se dio por vencido y súbitamente Chloe se sobresaltó al pensar en una posible respuesta a su pregunta, solo la policía llamaba a aquellas horas de la noche para dar malas noticias.

Prácticamente saltó de la bañera y, poniéndose un albornoz, fue hacia la puerta dejando un rastro de huellas mojadas. Para cuando llegó, su mente había conjurado todo tipo de espantosas posibilidades.

Se apretó el cinturón y abrió una ranura.

Su visitante no llevaba uniforme, pero Chloe no conseguía ver quién era. El miedo sustituyó a la angustia, y solo se le ocurrió decir:

—Mi vecino es cinturón negro de kárate.

Apenas podía vislumbrar la sombra de un hombre en el descansillo, pero, cuando se acercó, la visión parcial bastó para que Chloe lo reconociera.

Lo primero que pensó fue que estaba soñando, excepto que en sus sueños habituales, Nik llevaba bañador y no un traje negro de etiqueta y una camisa blanca desabotonada al cuello.

—Hola.

Aquel Nik de profundas ojeras seguía siendo el hombre más sexy del mundo.

—Necesito tumbarme —musitó ella. O se desmayaría.

—¿Te importa que pase primero? —la dulzura de su tono contrastó con la intensidad de su mirada.

—¡Pensaba que había pasado algo horrible!

—Siento haberte asustado.

—¿Cómo sabías dónde vivo si me he mudado?

Chloe había cambiado de casa al volver de Grecia, como un primer paso para el cambio de vida que se había propuesto hacer.

—No ha sido difícil —Nik se pasó la mano por el cabello—. Por favor, déjame pasar.

–Está bien –Chloe tardó más de lo habitual en soltar la cadena porque le temblaban las manos, pero finalmente lo consiguió.

Luego se echó a un lado y Nik entró. No soñaba. Los sueños no olían tan bien.

–«Desconfía de los griegos que te hacen regalos» –musitó, citando a un clásico. El regalo, en aquel caso, era un hombre tan perfecto como un dios.

Nik alzó las manos.

–No te he traído nada. No estaba seguro de encontrarte.

–No sabía si eras un sueño –dijo Chloe a su vez. Después intentó introducir cierta normalidad en la conversación–. ¿Te das cuenta de qué hora es?

–No podía esperar a mañana –dijo Nik.

Esforzándose por mantener una calma que estaba lejos de sentir, Chloe lo miró, y la determinación que vio en sus ojos le atenazó la garganta.

–¿Qué haces aquí, Nik? –preguntó, cruzándose de brazos a modo de defensa. Entonces abrió los ojos desmesuradamente y añadió–: ¿Les ha pasado algo a Tatiana o a Eugenie?

–No, están bien –dijo él. Y tras una pausa continuó–: ¿Por qué no me dijiste...? –abrió las manos–. No tienes que decírmelo. No tengo derecho a pedirte que confíes en mí.

–¿Lo has visto por televisión?

–Estaba allí –dijo Nik. El orgullo que había sentido por lo que Chloe había hecho se había ido mezclando con la preocupación. Sabía que por cada persona que la alabara, surgiría alguien que la insultaría cruelmente. Pero él estaría allí para protegerla.

–¿Dónde? –preguntó Chloe, que no quería llegar a conclusiones erróneas.

–En la entrega de premios.

Nik tensó la mandíbula al tiempo que se daba súbitamente cuenta de que Chloe no quería que la protegieran, sino sentirse liberada para ser la valiente y hermosa heroína que era. Aquellos que la amaban, tenían que pagar el precio de preocuparse por ella, pero no debían interferir en sus decisiones.

Y Nik tuvo la certeza de querer ser uno de ellos por más que la idea de que alguien la hiriera despertara su ira. Lo único que podía ofrecerle era estar a su lado, si es que ella le dejaba.

–Ah –Chloe no supo qué decir–. Pero no te has quedado a la fiesta.

Nik se acercó a ella precipitadamente y casi le hizo perder el equilibrio al tomarle el rostro entre las manos.

–Ha sido el acto más valeroso que he presenciado en toda mi vida –dijo con voz ronca–. ¿Podrás perdonarme? Te juro que no quiero cambiarte, pero yo sí cambiaré.

–Me gustas tal y como eres...

Nik la interrumpió con un beso. Cuando alzó la cabeza sustituyó sus labios por un dedo para silenciarla.

–Hoy he visto a la mujer más hermosa y valiente que conozco... –retiró el dedo– hacer el acto más valeroso que nunca haya presenciado.

Con los ojos humedecidos, Chloe bajó la mirada.

–Estaba aterrorizada –admitió–. Pensé que te enfadarías conmigo.

Nik la miró con incredulidad.

—Claro que estoy enfadado —dijo él. Tomándola por la barbilla le hizo mirarlo—. Pero conmigo mismo por haber perdido tanto tiempo, *agape mou*. Sé que tengo un problema y que necesito ayuda. Puede que nunca llegue a ser el hombre que te mereces, pero haré lo que sea necesario, siempre que me vuelvas a aceptar.

Chloe parpadeó sorprendida.

—¿Alguna vez has sido mío?

Nik la miró con una intensidad que le paró el corazón.

—Desde el instante en que te vi, pero he sido demasiado orgulloso y testarudo como para reconocerlo —se pasó la mano por el cabello—. No sabes cómo me desprecio por haberte hecho creer que me avergonzaba de tus cicatrices.

Chloe alzó la mano hasta la mejilla de Nik.

—Ahora sé que no era verdad.

—Son mis propias cicatrices las que me avergüenzan —reconoció Nik abatido—. Tenías razón en todo lo que me dijiste. Ahora soy yo quien te pide que me aceptes, cicatrices y todo, para lo bueno y para lo malo. Te amo, te necesito —suspiró profundamente y añadió—: Sé que te he fallado dos veces, pero te prometo que no volverá a pasar. No quiero cambiarte, quiero ayudarte a volar.

Chloe apoyó la cabeza en su torso y cerró los ojos mientras él la abrazaba. Luego alzó la cabeza y susurró:

—Yo también te amo, Nik.

El beso que él le dio se prolongó hasta dejarla casi sin oxígeno. Entonces Chloe le acarició el rostro amorosamente mientras él repetía:

—Te amo, amo cada centímetro de ti. Y sí, quise que te replantearas lo de la cirugía, pero no por mí, sino por ti.

—Lo sé —reconoció Chloe.

—Supongo que sabes que lo que has hecho esta noche te va a convertir en objeto de...

—*Troles* y demás canalla en Internet. Sí, lo sé.

—Y aun así lo has hecho —Nik soltó una carcajada—. Eres la mujer más increíble del mundo —declaró con orgullo.

—¿Han publicado ya algo?

Nik asintió.

—No pienso leerlo.

—Me parece una buena decisión —concluyó Nik. Y carraspeó.

—¿Pasa algo más? —preguntó Chloe.

Sin decir palabra, Nik sacó su teléfono y deslizó el dedo por la pantalla antes de pasárselo.

—Hay otros asuntos que es mejor que sepas.

Desconcertada, Chloe empezó a leer y su expresión fue pasando de la curiosidad al enfado.

—¿Quién ha hecho esto? ¡Tiene que ser alguien próximo a ti para saber todos esos detalles! —exclamó indignada.

—He sido yo.

Chloe abrió los ojos como platos. ¿Cómo iba Nik a contarle todo aquello a un periodista?

—No comprendo.

—Yo mismo le he proporcionado la información. Verte esta noche me ha dado el valor de hacerlo. Tu valentía me ha hecho avergonzarme de mí mismo. Hasta ahora he sido un cobarde. Y ya que no puedo impedir que estés expuesta a la crueldad de las redes, al menos así puedo solidarizarme contigo. Además, quizá con mi historia pueda también ayudar a otros. Quería demostrarte que, si me das tu corazón, siempre lo protegeré. Y espero que aceptes el mío.

Chloe lo miró con un nudo de emoción en la garganta. Cuando las lágrimas corrieron por sus mejillas, Nik la abrazó. Ella le tomó una mano y se la llevó al corazón diciendo:

—Es tuyo.

Tres meses más tarde

—Otro albañil nos deja —dijo Nik, entrando en el despacho en el que Chloe trabajaba—. A este paso, no vamos a terminar la casa de Spetses. Tienes que decirle algo.

—¡Yo! Ni hablar. Es tu abuela.

—¡Cuenta cada clavo! Estamos haciendo una reforma millonaria a una mansión del siglo XVI y mi abuela cuenta los clavos.

—Es muy ahorradora.

—Está loca, y lo sabes.

—Es tu abuela, Nik —le recordó Chloe, acercándose y abrazándose a su cuello.

—A este paso no vamos a poder mudarnos después de la boda.

—A mí no me importa dónde vivamos con tal de estar contigo.

—¡Ahora lo dices, después de haber aguantado a constructores, inspectores municipales, a mi abuela!

—Está feliz de que vayamos a ser sus vecinos, al menos parte del año. Verás cómo todo ha valido la pena cuando nos despertemos al olor de los pinos y con el sonido del mar de fondo —dijo Chloe.

—Mientras estés a mi lado cuando me despierte, me da lo mismo dónde sea. Por cierto, ¿has seleccionado ya un director para la organización? No quiero que mi esposa...

Chloe le puso un dedo en los labios y miró por encima del hombro.

—¡Te van a oír! Imagínate qué desilusión se llevarían si supieran que ya estamos casados con todo el trabajo que se han tomado para organizar la boda.

Nik la miró con una expresión rebosante de amor.

—No podía esperar a hacerte mi esposa. Solo lamento no verte más.

—Lo sé —Chloe le acarició la mejilla—. ¡Pero cómo iba a saber que la organización iba a convertirse en tal éxito y que tendría que dedicarle tanto tiempo!

Nik la besó, y habría seguido haciéndolo si no los hubiera interrumpido su nonagenaria abuela.

—Ha venido un hombre diciendo que era inspector de obras. En mis tiempos las cosas no eran tan complicadas. Construíamos casas sin necesidad de tanto papeleo.

—¡Qué tiempos aquellos! —masculló Nik—. ¿Y dónde está ese inspector, abuela?

—Se ha ido. Le he dicho que mi nieto y su mujer estaban ocupados haciendo bebés —riéndose de su propia broma, la anciana salió de la habitación.

—Dicen que la edad proporciona sabiduría —Nik alargó la mano hacia la puerta por la que había salido su abuela—. ¿Qué te parece, esposa? ¿Nos dedicamos un rato a hacer bebés?

—Solo si cierras con llave. Si tu abuela nos descubriera, el trauma me dejaría marcada para el resto de mi vida... –dijo Chloe, y soltó una carcajada ante el inintencionado juego de palabras.

Nik sintió que el pecho se le henchía de orgullo por su mujer. Donde otros se lamentaban, ella se reía. Tenía una asombrosa capacidad de vivir plenamente, y ver el mundo a través de su mirada le había permitido a él alcanzar una paz que jamás había soñado encontrar.

–Sé la madre de mis hijos, Chloe.

Ella se rio de nuevo.

–Esta es una casa muy grande, Nik, y hay que llenar muchos dormitorios.

–Entonces será mejor que empecemos lo antes posible.

–¡Me has leído el pensamiento!